魔術学園に乗り込み
戦う主と従者
「髪、やって」
「はい、承知いたしました」
JN151580

リリス＝アレイザード
悪名高き闇の皇帝の
娘として狙われる立
場にあり、自由を望み
魔術学園での戦いを
決意する。
従者であるレナが大
好きで信頼している。
レナ＝アレイザード
一万年以上昔、神話
の時代に出来損ない
と呼ばれたゴーレム。
現世では少年となり、
自らの意思でリリスを
守る従者となる。

『魔術とは何か？』
「初講となる今回はこの命題について考えようと思う」
ガルシア＝ヴァレンシュタイン
「ネクロマンサー」の異名を持つレナたちの担当教官。サリアの父でもある。
サリア＝ヴァレンシュタイン
入学式、リリスに退学を強要しようとした少女。人懐っこい性格で、レナにすぐなつく。

『――汝、楽園を踏み躙るものか？』
静かに投げられる問いかけ。それは紛れもなく少年の口から発されたものだが、その声音にいつもの温かみはなく、あるのはまるで人形が喋っているかのような無機質さのみ。

楽園守護者の最強転生 1

出来損ないの神話のゴーレム、
現世では絶対防御の最強従者になる

紺野千昭

HJ文庫
1206

口絵・本文イラスト　江田島電気

Contents

序章 ✲ ―おわりとはじまり―

遥か太古よりソレはそこに在った。

『小さき者を守れ』――銘打たれたその役目に殉じ、ソレは戦い続けた。戦って、戦って、戦って、最期にはその身は粉々に砕けて風に散った。

だが、ソレは少しも後悔などしていなかった。彼の愛した幼き者たちを、世界の一部として見守り続ける。今までと何も変わらないのだから。

ゆえに、ソレは死にゆく間際に願った。祈る神の不在を知りながら、それでも、仮初の心を震わせて。

どうか、愛しき彼らに幸福あれ、と。

そうしてソレの空虚な生涯は幕を閉じた――――はずだった。

※※※

「――起きなさい、『七番目の子』」

どこからか呼び覚ます声がする。

呼びかけに応じて機能を再開したソレは……束の間、大いに戸惑った。

なぜなら世界が真っ暗になっていたからだ。

だがじきに気づく。暗いのは世界がおかしくなったのではなく、自分の視界が薄い膜で覆われているから。そしてその膜が動かせることに気がつくと……ソレは初めて瞼を開ける。

その眼前に、彼女はいた。

竜の血と同じ燃え盛るような紅蓮の髪に、世界樹の葉に似た鮮やかな新緑の瞳。夜の精霊と見紛う黒衣に身を包んだその女は、微笑みながら問いかける。

「おはよう、気分はどうだい？　……っとと、その前にまず喋れるかを問うべきかな？」

そう尋ねられて、ソレは初めて自分の喉に襞があることに気づく。小さき者たちが『言葉』を発するのに使う器官だ。……ただ、動かしてみようとは試みるも、うまく鳴らすことができない。『あー』とか『うー』とか意味のない音が漏れ出るだけ。

それを聞いた女は、特に気にした様子もなく肩をすくめた。

「ははは、まあ最初はそういうものだよ。こっちの言葉が通じていればそれでいいさ。それよりも……記憶はあるかな？　君がかつて人類の守護者――『ゴーレム』と呼ばれていた、あの時代の記憶は？」

その問いに対し、ソレは首を傾げた。

自分がかつて何者であったか、あの時代がどういう世界だったか、一応は思い出せる。だがそれは霧がかかったように曖昧で、しかも、どこかが大きく欠落している。穴が開いているのはわかるが、それが何なのかまではわからないのだ。……ただ一つだけはっきりと記憶しているのは、最期の瞬間に抱いたあの願いだけ。

「ふむ、やはり欠損部分が大きいようだね。……或いは、我々にとっては幸運と言うべきか」

と小さく呟いた女は、それから唐突に手を叩いた。

「まあいい、大事なのはいつだって今この瞬間だ！　というわけで、今の君を見せてあげないとね！　さあおいで！」

そうして連れだされた先は、部屋の隅にある大鏡。その前に立たされた瞬間……ソレは目を丸くした。

初雪を冠したような白妙の髪に、月輪の如くまんまるな瞳、それから、つつけば壊れてしまいそうなほど柔らかな肌……鏡の中にはちんまりした少年が映っていたのだ。

もちろん、小さき者なら見慣れている。だが不思議なのは、眼前に立つその少年が自分と全く同じ動作をすることだ。右手をあげれば右手をあげるし、瞬きをすれば瞬きが返ってくる。そうやって何度か試すうちに、ソレはとうとう気が付いた。

鏡に映るこの小さき者こそが、自分自身なのだと。

するとどうしたことだろう。左胸にあたる部位が突然どきどきと高鳴り始めた。正体不明なその動悸はいかんともし難く、意思に反してどうやっても収まってくれない。一体この体はどうなってしまったのか？　すっかり困惑するソレに、女は優しく教えてくれた。

「それはね、『嬉しい』という感情だよ」

『嬉しい』——そうか、これが本当の『嬉しい』なのか。ソレの胸はまた一段と高鳴る。小さき者たちと同じものを感じられた……それがとても『嬉しい』のだ。

だから、思う。もっともっと感情が知りたいと。

「ふふふ、いい顔だ。子猫を大人にするのはいつだって好奇心さ。だけどね、焦らなくていい。一歩ずつ進んでいこうじゃないか。君の歩幅は、以前よりもずっと小さいのだから」

そう言って優しく頭を撫でた女は、それからひょいっと踵を返した。

「というわけで、これからしばらく私と暮らしてもらうよ。君がヒトとして生きるために必要なことを教えよう。……ああ、ちなみに私のことは『魔女さん』とでも呼んでくれたまえ。無論、君が言葉を覚えた暁には『絶世の美女』とか『至高の天才』なんて前置詞をつけてくれて構わないけどね！」

なんて、自称『魔女』はぺらぺらとまくしたててくるが、ソレにはまだあまり意味がわからなかった。なので首をかしげると、魔女はけらけらと愉快そうに笑うのだった。

そうして『ソレ』と『魔女』との生活が始まった。

ただし、出だしから順風満帆とはいかない。

『──今の君は我々と同じ肉体だ。不便なことも多いだろう。かつての君と比べれば貧弱そのものだからね』

という魔女の言葉通り、新しく得た体には戸惑いばかりだった。

なにせ、力は弱いし足は遅い。すぐにお腹が空くし喉も乾く。一日の三分の一は眠らないといけないくせに、少し動かせば疲労でさらに寝込むことになる。まったくもって不自由なことこの上ない。中でも一番困ったのは……その脆さだ。

少し力を加えただけで肉も骨も簡単に壊れてしまう。傷がつけば血がでるし、菌が入れば病気にもなる。しかも、それらが起きると『痛み』だの『苦しみ』だのという耐え難い感覚に襲われるのだ。小さき者たちの脆さはよく知っていたつもりだが、よもやここまでとは。慣れないうちは何度自分で自分を壊してしまったか数え切れないほどだ。

そうやって壊れるたび魔女に修復してもらいながら、しかし、ソレは一つずつ学んでいった。

声の出し方、手足の動かし方、表情の変え方……いや、体に関することだけじゃない。新しい体を通して接する世界についてもだ。

太陽が眩しいこと——

水が冷たいこと——

風が心地良いこと——

かつて『知って』いて、けれど、一度も『感じた』ことがなかったそれらを、小さき者たちと同じ視点で学んでいく。

月が美しいこと——

火が温かいこと——

空が広いこと——

草花の香り。大地のぬくもり。朝の清々しさ。夜の穏やかさ。小鳥の奏でる歌。羽虫の舞う踊り。果実の甘さ。絹の柔らかさ——そしてそれらを知るたびに、ソレはできたての心の底から思うのだ。

――生きるということは、なんて素敵なのだろう！――

そうして数年の歳月が流れ、ソレが人間の体にも慣れた頃。

魔女は唐突に告げた。

「さて、私はそろそろ行かなければ。ちょっとした野暮用を片付けないといけなくてね」

不意に告げられた別れ。『だがその前に……』と魔女は言う。

「一つお願いがあるんだ。なあに、君にとっては手慣れたことさ」

と言って連れていかれたのは、固く閉ざされた巨大な塔。魔女の鍵を使って中へ入ると、内部は広い部屋になっていた。

様々な国の絵本に、散乱したぬいぐるみ、山のような積み木や色とりどりの折紙などなど……部屋中に散らばっているのは幼児向けおもちゃの数々。そして、それらに埋もれるようにして小さなベッドが一つと――そこに横たわる一人の童女。

魔女と酷似した紅の髪に、焼き立てのパンみたいにふわふわの頬、おもちゃみたいにちいちゃな手足……まだ六歳ぐらいだろうか。ベッドで眠るその少女は、周囲のぬいぐるみと見紛うほどに愛らしい相貌をしている。

だが、ソレはすぐに気づいた。

怖い夢でも見ているのか、眠る童女の表情は苦しげに歪み、頬にはうっすらと涙の跡が残っている。理由はわからないが、この少女は何かに怯えている。夢に見てしまうほど恐ろしい何かに。

「お願いしたいのはね、彼女の子守だ。もちろん、永遠にとは言わない。ただ、この子が自分の足で立てるようになるまでは――」

と言いかけて、魔女は口をつぐむ。……事実、魔女の言葉はソレの耳に届いてはいなかった。まるで引き寄せられるかのように、ソレは悪夢にうなされる童女の傍らへ跪く。そして小さなその手をそっと握った。

その瞬間、ソレはひどく慄いた。――ああ、コレはなんと脆いのだろうか。これまで出会ったどんな生物よりも、幼子の手は小さく儚かった。ほんの少し力を込めるだけで、きっとこの子は容易く壊れてしまうだろう。だからソレは慌てて手を放そうとする。

けれど、その時だった。

童女の指が微かに動いて、そっとソレの指を握った。まるで縋るように弱々しく、だけど、確かにソレの手を。その肌から感じるのは、太陽よりも温かな脈動。こんなにも脆い童女は、それでも精一杯に生きているのだ。

その時、ソレは心に決めた。理由なんていらない。誰に命じられるでもない。自分の意思で決めたのだ。誰がなんと言おうと——たとえ世界がそれを否定したとしても——必ずこの儚いぬくもりを守り抜こうと。この子が庇護者を必要としなくなるその日まで。

「……ふふっ、どうやらお願いなんて野暮だったようだね」

二人の様子を見ていた魔女はそう優しく微笑む。そして……いつになく真面目な声音で告げるのだった。

「よくお聞き、優しき七番目の隣人、我らが守護者たる異端のゴーレムよ。これから先、君はより間近でヒトと接することになるだろう。上から見下ろすだけでは気がつかなかった、多くの醜いところや汚いところを眼にすることになるだろう。だがそれでも私は、かつてヒトだった者の一人として……君の寵愛が続くことを切に願っているよ」

しみじみと締めくくるようなセリフを呟いた魔女は……しかし、すぐにやり残しを思い出したらしい。

「おっと、そういえば……今更だが君の名前を決めなければね。もう私と二人きりというわけでもないし、『君』では何かと不便だろう」

と思いつきで言い出したくせに、魔女は『うーむ』と頭をひねる。

「とはいえ困ったな……『ゴーレム』では広すぎるし、『七番目の子(セプト)』ではあまりに味気ない。『ワーストピース(つぎはぎ)』というのも失礼な話だ。ただ、自慢(じまん)じゃないが私はこの手のセンスがなくてね。はてさてどうしたものか……」

悩(なや)みに悩んだ魔女は、それからついに答えにたどり着いたらしい。

「そうだ！　かつての君から少しだけ借りるとして、こういうのはどうだろうか？」

そうして魔女は、その名前を口にした。

「――〝レナ〟――」

第一章 ✲ ―厄災の娘―

「――遅いわよ、レナ!!」

『アウレオルス魔導魔術学園』――と金文字で刻まれた荘厳な門前に、不機嫌な声が木霊する。怒声の主はむすっと顔をしかめた一人の少女。

燃え盛るような紅蓮の髪、瑞々しく薫る薄桜色の唇、黒曜の如き瞳には気を抜けば吸い込まれてしまいそうな魔性の光が。――『美少女』なんてありきたりな言葉では収まらない、異様でさえある美貌。まるで神話に登場する美の女神……いや、堕落の悪魔が人の形を得たかのような、およそ尋常ならざる美しさを放つその少女は、十六という年齢に似つかわしくない蠱惑の色香を振りまいている。ただ一つ、そんな彼女の美を損なうものがあるのだとしたら……それは纏っている衣装だろうか。

重々しく厳めしい漆黒の法衣――背中に血の滴る杯と蛇の紋章を刻まれたそれが、毒蛇の如く美しい彼女の肢体に絡みついているのだ。明らかにオーバーサイズなことも相まって、その様はまるで聖者に憑りつく悪霊のよう。……もっとも、当の本人は全く気にしていないらしい。悪趣味な黒衣をむしろ誇示するかの如く風になびかせている。

そんなアンバランスな魔性の少女は、再び苛々と叫んだ。

「もたもたしないで！　さっさと行くわよ、レナ！」

美しい声をつんつんに尖らせての罵声。それを浴びるのは……一人の大人しそうな少年だった。

「はい、今参ります！」

美しい白百合色の髪に、柔らかく優しげな眼差し、おまけに蜂蜜のような甘い声音——〝レナ〟と呼ばれた柔和そうな少年は、小柄な体格も相まって一見すると……いや、二、三度凝視しても可憐で儚げな美少女にしか見えない。

そんなレナは、二人分のバッグを抱えて少女の元へと駆け寄った。

「すみません、お待たせしました——リリスお嬢様」

怒られているにもかかわらず、にこにこと楽しげに微笑むレナ。

それに対し、〝リリス〟と呼ばれた黒衣の少女はやはり不機嫌に命じるのだった。

「ほら、さっさと乗り込むわよ！」

かくして校門をくぐる二人組。

その先に広がっていたのは、よく整備された石畳の道と……そこを歩く制服姿の少年少女たち。

「わあ、見てくださいお嬢様！　子供たちがこんなにたくさん！」

「そうね」

「僕らと同じ新入生でしょうか⁈」

「どうでもいいわ」

「お友達、たくさんできるといいですね！」

「だから興味ないっての」

子犬のようにはしゃぐレナをつんけんと突っぱねたリリスは、それから険しい表情のまま呟いた。

「気抜いてんじゃないわよ。……ここには戦争に来てるんだから」

物騒なその言葉通り、リリスは周囲をねめつけながら突き進む。

すると、次第に周りの視線が集まり始めた。なにせ、女神と見紛うほどの魔性の美貌だ。衆目を集めるのも当然のこと。……だが、どうやら彼らの目を惹き付けたのはそれだけが理由ではないらしい。

『――おい、見ろよあの家紋――』

『――本物だぞ――』

『――あの噂、嘘じゃなかったのか――』

口々に囁き交わす新入生たち。その視線が注がれる先は一点だけ――リリスの黒衣に編み込まれた蛇と杯の紋章だ。

そう、ここにいる者は……いや、このアイディスベルク連邦に生きるすべての者は、それがどこの家紋なのかを知っている。ゆえに、こうなることは必然なのであった。

『――ア、アレイザードの娘がいるぞ……!!』

〝アレイザード〟――その名が口にされた瞬間、ざわめきが一挙に拡散した。

『――なんであんな奴が学園に?!』

『――関わり合いになるなよ』

『――さっさと縛り首にでもすればいいんだ!』

さざ波がやがて巨大な津波となるように、押し寄せる畏怖と忌避の視線は瞬く間に冷たい敵意となってリリスを襲う。どれだけつんけんしていようと、まだ十六の少女がそんな悪意に曝されて平静でいられるわけがない。リリスの足取りは徐々に勢いを失い、ついにはぱったりと立ち止まってしまう。

「お、お嬢様、どうかお気になさらず……」

俯いてしまった少女を必死で慰めようとするレナ。……が、どうやら彼の気遣いは全くの無駄だったらしい。

「……ごめん、私、やっぱ無理――キレちゃったわ」

そう呟いた次の瞬間、リリスはがばっと顔を上げる。

その相貌に滲むのは怯え……ではなく、ものすごく明瞭な怒りの表情。美しい顔を真っ赤に紅潮させ、額にはぴくぴくと青筋まで浮かんでいる。

――いわゆる『ブチギレ』というやつだ。

「ちょっと！　今私の陰口叩いた奴、出てきなさい！」

リリスの怒声が轟くや、生徒たちは一様に目を伏せる。まさか真正面からキレ返されるとは思ってもみなかったのだ。陰口や悪口は安全圏から投げるもの、わざわざ出て行く勇気など誰も持っていない。……かと思いきや、一人だけ例外がいた。

「ふ、ふん……この俺だが、何か気に障ったかな？」

と進み出たのは、鬱陶しいほど長髪な身なりの良い青年。絵に描いたようなそのお坊ちゃんは、キザったらしく髪をかき上げながら言う。

「そもそも陰口とは失敬だな、すべて事実だろう。あの厄災王――サレム＝アレイザードがどれだけの非道を行ってきたか、この世界に知らない者がいるとでも？」

あからさまな開き直りではあるが、その言葉は事実でもあった。

〝サレム＝アレイザード〟……『魔導王』とも呼ばれた史上最強の魔術師にして、三百年に亘りアイディスベルク連邦を支配してきた闇の帝王だ。彼の統治時代では村一つが魔術実験のために消失するなど日常茶飯事だった。十年前の大規模革命にて『百血同盟』に討たれたことで平和な時代が訪れたものの、その名前は今なお連邦国民の記憶に褪せることなき邪悪の象徴として刻み込まれている。

「貴様はその厄災王の娘！　この国に貴様の居場所など――」

と、義憤に満ちた理由をつらつら並べ立てようとする青年。……が、すべてを言い終わる前に、その鼻っ柱に白い手袋が投げつけられる。

その瞬間、青年の血相が変わった。

「き、貴様、これがどういう意味か――」

「決闘よ」

問われるより先にすぱっと答えるリリス。手袋を用いた決闘の申し込みは、貴族階級に伝わる古くからの風習だ。そしてそれが冗談でないことは、静かにキレた瞳からよくよく見て取れる。どうやらリリスの方は完全にやる気らしい。

だが、そこに待ったの声が。

「お、お嬢様、いけませんよ！『友達は仲良くするもの』と本に書いてありました！」

と大慌てで仲裁するのはレナ。いきなり決闘だなんて見過ごせるはずがない。

けれど、リリスは落ち着いて問いかける。

「ねえレナ、友達っていうのは互いの意思を尊重するものよね？」

「はい！」

「あいつは私が気に入らない。私もあいつが気に入らない。だからお互いの意思を尊重してぶちのめし合うの。ほら、前に読んだ本に書いてあったでしょ？　これが『拳でわかり合う』ってことなのよ」

などと諭すようにめちゃくちゃなことを言うリリス。……が。

「なるほど、さすがですお嬢様！」

と、あっさり言いくるめられたレナは素直に感激してしまう。

そうして従者を黙らせたリリスは、先ほどの男子生徒へ向き直った。

「それじゃ、さっさと済ませましょ」

そう言って黒衣の内側から取り出したのは、複雑な紋様が描かれた一枚の紙。

『呪符』――魔術師が扱う戦闘補助のための道具だ。

それを見た瞬間、相対する青年は驚愕の表情を浮かべる。……ただし、それは恐怖や警戒ゆえではなかった。

「な、な……舐めているのか、貴様⁉　そんな市販品でこの俺とやるつもりか⁉」

一口に『ナイフ』と言っても、研ぎ澄まされた業物から錆びたなまくらまで様々であるように。呪符にもまたピンからキリまで等級が存在する。それこそ、大魔術師が手ずから生成した呪符には村一つ吹き飛ばせるような代物だってあるという。

だが、リリスの取り出したソレは違う。魔術師協会が広く販売している市販の炎術符……それも、戦闘用とされる第四等級よりもずっと低い第七等級品だ。要するに、あの呪符から放たれる炎はマッチと同程度の代物なのである。

しかし、当のリリスは至って真面目な顔をしていた。

「御託はいらないから、構えた方がいいわよ。私、手加減とか無理だから」

そう忠告しながらも、リリスは既に動いていた。といっても、それは戦闘行為とは無縁の行動――まるで幼子が折紙で遊ぶように、はたはたと呪符を折り始めたのだ。

山折り、谷折り、被せ折り。蛇腹折りに花弁折り――嫋やかな指をしならせ器用に呪符を折り進めるその所作は、それだけで芸術的。どこか官能めいた美しささえ孕んでいる。

誰もが思わずその指先に目を奪われるが……それは束の間。なにせ、あまりにも折るのが速すぎるのだ。ただの四辺形だったはずの呪符が、瞬きする間に蛇の形に変貌を遂げる。

そしてリリスは、織り成されたその蛇にそっと口づけをした。

「符術・織神――『火難蛇』」

刹那、凄まじい熱風と共に顕現したのは、轟々と燃え盛る巨大な蛇。……本来ならばマッチ程度の火力しかない呪符が、逆巻く業炎の大蛇へ姿を変えたのだ。

「あ、有り得ない……なんだこれは……?!」

眼前の光景にただ呆然とするだけの青年。そんな彼に向かって、炎の大蛇は容赦なく襲い掛かる。青年はハッと我に返るも、既に手遅れ。……いや、たとえ最初から動けていたとしても、これだけの密度の炎塊をどうにかできるはずもなし。立ち尽くす青年の直上で蛇は凄まじい大爆発を起こして――

「――御無事ですか?」

炸裂する爆炎の中、響くのは優しい少年の声。

そして煙が晴れた後……そこにいたのは無傷の青年と、彼を庇うように抱きしめるレナの姿。その体には傷どころか焦げ跡一つついてはいない。

「大丈夫ですよ、もう怖くありませんからね」

まるで赤子をあやすかのように、うずくまる青年の頭を優しく撫でるレナ。その姿はさながら迷える民衆を慈しむ聖母のよう。竦み上がっていた青年の震えが、それだけで収まっていく。

……が、リリスの怒りは収まらなかった。

「ちょっとレナ、敵を庇うとかどういう了見？」

「考えてみたのですが……やっぱり先ほどの理屈はおかしいと思います！　みんなで仲良くしてこそのお友達かと」

「だーかーら、さっきから言ってんでしょ！　友達なんか必要ない！」

と苛立ち交じりに突っぱねるリリスは、『っていうか――』と言葉を継いだ。

「あんた、いつまでレナに甘えてるわけ？」

怒りの矛先が向いたのは、先ほどからずっとレナに撫でられている男子生徒。声音に込められたその怒気は陰口を叩かれた時よりもむしろ大きい。

「そんなに甘えたきゃ帰ってママのおっぱいでも飲んでなさい！　なんなら、今すぐ送り返してあげましょうか⁉」

と、今日日あまり聞かなくなった脅し文句と共に、懐から取り出されたのは先ほどと同じ呪符。しかも今回は三枚重ねだ。……レナによしよしされているのがよほど羨ましかったらしい。

なんにせよ、またあの炎蛇を出されたらひとたまりもない。青年は悲鳴を上げて逃げ去るのだった。

「良かった、それだけ走れるならお怪我はないようですね」

「ふん、腰抜けね。逃げるぐらいなら最初から黙ってなさいよ」

安堵するレナとは対照的に鼻を鳴らしたリリスは、それから考え直したように呟いた。

「……まっ、でもちょうどいいか。これで他の馬鹿も大人しくなるでしょ」

と睨みつける先は周囲の新入生たち。圧倒的な力を見せつけられた生徒たちは慌てて目を伏せるばかり。先ほどまでの陰口は微塵も聞こえてこない。

そんな群衆に向けて、リリスはダメ押しの宣告を放った。

「いいこと？ 耳の穴かっぽじってよ～く聞きなさい！ 血がつながってるかもわからないあんな糞オヤジの悪口なら幾らでも言って構わないわ。でもね、私への悪口は一つだって許さない！ 私を嫌う奴らのために私は一ミリたりとも譲歩しないし我慢もしない！ 気に入らなければ徹底的にぶちのめす!!」

下品なハンドサインまで添えたその宣言に、誰一人異を唱えられる者などいるはずもない。その沈黙を受けてようやく溜飲が下がったのだろう。リリスは再び堂々と歩き始める。

……が。

「……ねえ、一つ教えてくれるかしら？ さっきの見てなかった馬鹿か、見てた上でそこに立ってる大馬鹿か――あんた、どっちなわけ？」

と再び不機嫌に立ち止まるリリス。その理由は簡単――彼女の行く手には一人の女生徒が立ちはだかっていたのだ。

露草色のショートヘアに、くりっとしたまん丸な瞳、あどけない小動物めいたその少女は静かに唇を開く。

「ううん、みてた。すごかった」

口にされたのは、なんとも子供じみた簡潔な感想。

ただし、その視線の先はリリスではなかった。

少女が問うのはレナの方。

「ふせいだ。どうやって？」

誰もが凄まじい炎蛇に目を奪われていた中、彼女だけは気づいていたようだ。本当に問題なのは、その業火を無傷で防ぎきった従者の方だと。

そして問われたレナはというと……

「それはですね――」

と快く答えようとする。

だが……

「ちょっとレナ、敵に手の内あかしてんじゃないわよ！」

「もー、お嬢様ったら、そんな言い方はよくありませんよ。僕らは『敵』なんかじゃありません。まだお互いを知らないだけです。……ね、あなたもお嬢様と仲良くなりたくて声を掛けてくださったんですよね？」

期待に満ちた声音で優しく問いかけるレナ。すると少女は素直に頷いた。

「うん。だから……たいがくして？」

「やっぱ敵じゃん」

「き、きっと語弊があるんです！」

と慌てて弁明するレナ。だが退学強要というドストレートすぎる敵意はさすがにフォローしきれるものではない。

「語弊も糞も、『目障りだから消えろ』以外の意味なんてあるわけないじゃない。回りくどくないぶんむしろ気に入ったわ」

確かにコソコソ陰口を叩くよりもよほど潔いだろうが……だからといってそれを許すかといえばまた別な話。

「それに、お陰ではっきりわかったじゃない。こいつが大馬鹿ってことがね！　だって私たち、まだ入学もしてないのよ？　どうやって退学すりゃいいわけ？」

などと、リリスは嫌味っぽく揚げ足を取る。……事を荒立てるためのあからさまな挑発だ。実際、リリスの手は既に懐の呪符へと伸びている。

……が、返ってきたのは予想外の反応だった。

「それは、そう」

「へ？」

相手を煽るための難癖……だったはずが、どうやらその屁理屈に納得してしまったらしい。少女はくるんと踵を返すと素直に去っていく。

肩透かしを食らわされたリリスは、ぽかんと呟いた。

「なんなのよ、あの女……」

「とても素直な方ですね。お嬢様と気が合いそうです！」

「それ、嫌味？」

「？」

と、その時だった。

ゴーン、ゴーン、と学園の時計塔から響く鐘の音。それを聞いた途端、生徒たちは足早に校舎の方へと向かい始める。――決闘騒動ですっかり忘れていたが、これから入学式があるのだ。

もちろん、それはリリスにとっても他人事ではない。なにせこの学園へは大事な用で来たのだから。

「さあレナ、遊びは終わりよ。ぶっ潰しに行きましょう！」


――――……

――――……


『第二七四期生入学式会場』――と垂れ幕の下がった大講堂にて。期待と不安を胸にひしめき合うのは、主役たる今期の新入生たち。

そしてその中に、リリスとレナの姿もあった。

「わああ、色んな方がいるんですね！　みなさん個性的で素敵です！」

きょろきょろ辺りを見回しながら、瞳を輝かせて感激するレナ。その隣ではリリスがふんと鼻を鳴らす。

「うさんくさい、の間違いでしょ」

と睨みつける視線の先には、確かに『うさんくさい』新入生の姿も交じっていた。

どう見ても魔術とは無縁な大剣を担いだ老夫に、全身銀甲冑の性別不詳の騎士。『人類種保存局』という腕章をつけた少女に、神官服の巫女とその護衛。『伝承大陸開拓団団員募集！』というビラを配っている青年がいるかと思えば、夢見るような表情でぼーっとしている童女と、迷子なのではと心配になるぐらい怯えている幼女などなど……もちろん、大半の生徒は普通の少年少女だ。ただ、その中には制服すらまともに着ていない変わり種がちらほら交じっている。なにせこの学園は出自も年齢も不問。魔術を知らぬ一般家系出身だろうが名門魔術師家系の跡取りだろうが、適性さえあれば誰でも受け入れると入学案内に記されていた。おかしなのが紛れ込んでいても不思議はない。……もっとも、『史上最悪の魔導王の娘』という時点で彼女に言えた義理ではないのだが。

と、そうやってリリスがガンを飛ばしまくっていた折……

「――やあやあ新入生諸君、ご機嫌いかがかな？」

講堂奥の壇上に突如ライトが灯る。

照らし出されたステージに現れたのは、やたら派手な衣装に身を包んだ優男――

「お初にお目にかかる！　私が当学園長のレイニー＝ボードレールだ！　以後よろしく！」

ボードレールと名乗るその男は、演劇がかった仕草でお辞儀をする。

軽薄そうな薄ら笑いに、曲芸師のような奇抜な格好、おまけに嫌味なぐらいの仰々しさ。

……正直、この講堂内でぶっちぎりのうさんくささだ。

とはいえ、一応相手は学園の長。新入生たちも慌てて姿勢を正す。だが、それを遮ったのはボードレール自身だった。

「おっと、そうかしこまらなくて結構だよ。何を隠そう私はいわゆる『お飾り』でね。何もしないし何もできない。だからこそこの学園で長を名乗って生きていられる。私のことは空気か何かだと思ってくれたまえ！」

などと、自虐的な内容をむしろ自慢げに話すボードレールは、『ゆえに』と言葉を継いだ。

「挨拶を無視されようと、校則違反を目撃しようと、殺人現場に居合わせようと、私は何もする気はないしその力もない。陰謀、策略、権謀術数、どうぞ好きなだけやってくれたまえ！」

ボードレールはそう言って無責任に笑うと……それから唐突に声を張り上げた。

「なにせ世はまさにポスト・アレイザード!! かの大魔導師は正義の刃に討たれ、暗黒の時代に終止符が打たれた！　我々庶民は三百年の支配から解放され自由を得たのだ！　魔導を探究するもよし、権力を奪い合うもよし、場合によっては次なる帝王を目指してもよしっ！　なにしろ学び舎とは失敗するところだ。ここでの出来事は大抵『学生のオイタ』で済まされる。実社会に出る前の勉強の場として大いに活用してくれたまえ！」

『お家同士の代理戦場ってことでしょ』とリリスが鼻を鳴らす傍ら、ボードレールの長広舌は続く。

「特に、今期は個性豊かな子が揃っているようだしね！　大陸開拓団に神聖教会、人類保存局に『新世代』の子供たちまで選り取り見取り！　ああ、一傍観者として楽しみで仕方がないよ！　ここに居並ぶ若人諸君が、この先どんな喜劇を演じてくれるのか……！」

自分の言葉に酔いしれるように瞼を閉じたボードレールは……それから不意に目を見開く。その視線が見据える先は――

「だがやはり、一番気になるのは彼女のことだ。――そうだろう、リリス＝アレイザード君？」

突然の名指しに、生徒たちの目が一挙に集まる。先の決闘騒ぎを見ていない生徒たちも気づいたのだ。悪名高き闇の皇帝……その忌まわしき娘がこの場にいることに。

そうして衆目が集まる中、ボードレールはわざわざステージを降りて歩み寄ってきた。

「ああ、リリス、リリス、リリス＝アレイザード！　我らが麗しの『礫の仔羊』よ！　ようやく魔女の鳥籠から出て来てくれたのですね！　どうか貴女の爪先に口づけする名誉をお与えいただけませんか？」

と歌うように乞うボードレール。

それに対し、リリスの答えはシンプルだった。

「キモイ、死ね」

「お、お嬢様！　はしたないですよ！」

明らかに変人ではあるが、それでも相手は学長だ。大慌てで制止するレナ。……しかし、当のボードレールはむしろ嬉しそうに笑うだけ。

「ははは、これは失敬！　少々興奮してしまったよ！　なにせ君は私の『推し』だからね！」

おどけて笑うボードレールは……しかし、一転して真面目な声で囁きかける。

「……だが、本当に不思議だよ。君はなぜここにいる？　魔女は伝承大陸へと旅立ち、彼女の遺した『侵さずの誓い』も破られた。君を庇護するものが失われた今、あらゆる毒牙が君を狙っている。なにせ君はあのサレムが遺した最高純度の生贄……魔術師にとってはあらゆる奇跡を叶える御伽噺の聖杯と同義。喉から手が出るほど欲しいトロフィーだ。まさかそれを知らぬとは言うまい？　だというのに、わざわざ自分から舞台に上がって何をしようと？」

真意を問われたリリスの答えは……先ほど以上にシンプルだった。

「決まってるでしょ――アレイザード家の復興よ」

瞬間、講堂中がざわめく。それも当然だろう。なぜならその言葉が意味することはたった一つだけ――

「おお、恐ろしや！　君はあの暗黒時代を蘇らせるつもりなのか?!　『百血同盟』の勇士たちが多くの犠牲を払って勝ち得たこの平和を脅かそうと!?」

と、ボードレールは大げさに騒ぎ立てる。

けれど、リリスは冷ややかに笑い飛ばした。

「あのねえ、そんなことして私に何かメリットある？　金だの人だの土地だの、私は全く欲しくない。戦争にも魔導にも権力にも、一ミリだって興味ない。私はね、もう何も奪われたくないだけなの。だから『百血同盟』を潰してアレイザード家を復興する。そして――この世の誰一人私に手を出せないようにしてやるのよ！」

堂々たるその宣言は、ボードレールに対してだけのものではない。今この場にいる新入生全員に向けた宣戦布告なのだ。

それを聞いたボードレールは……『ああ!!』と恍惚の嘆息を零した。

「なるほど、なるほどなるほどなるほど！　欲するは奪われぬための絶対権力か！　ああ、なんと慎ましく、なんと強欲！　たまらん、たまらないよ、リリス＝アレイザード君……！」

感極まったように身を震わせたボードレールは、それから小さく囁く。

「どうやら私たちも、本気で君が欲しくなってしまったようだ……！」

その瞬間、ボードレールの眼の色が変わった。

これまでの薄ら寒い演技とは違う、獲物を前にした捕食者の眼――それに呼応するかの如く、ボードレールの『影』がにわかに蠢き立つ。まるで生物の如くぶくぶくと膨れ上がったソレは、次第に巨大な獣じみた輪郭を成し始め――

だが、その時だった。

ボードレールの前へそっと割り込むレナ。リリスを庇うような動きではあるが、別に杖を抜いたり敵意を向けたりしているわけではない。……が、にもかかわらずボードレールの反応は凄まじかった。

「――ひっ……ひぃいいいい!!?」

講堂中に響き渡る情けない悲鳴。その発生源であるボードレールは、がくがくと震えながら尻もちをつく。すっかり怯え切ったその様は明らかに演技ではない。

「あ、あの……大丈夫ですか?」

まるでお化けでも見たかのような反応に、レナの方が心配そうに手を差し伸べる。だがそれさえ目に入らない様子で、ボードレールは戦々恐々と問うた。

「き、君は……人間、なのか……?」

震えながら投げかけられるその問いに、答えようと口を開くレナ。……だが、それを遮ったのはリリスだった。

「失礼ね、レナは人間よ。だって……私がそう決めたから」

ばっさりと横から断言されたのは、なんとも傲慢な答え。

それを聞いて……怯えていたはずのボードレールは再び笑みを浮かべた。

「ふふ、ふふふ……なるほど、良い答えだ！　他者なくして自己が存在し得ぬのであれば、他者定義はすなわち自己定義へと転化する。かつて神がそうであったように。……ああ、やはりあの魔女は面白い！　とんでもない骨董品を子守りに雇ったものだ！」

一体何を喋っているのか、生憎とその意を解せる者はいない。だが一人で勝手に納得したらしく、ボードレールはあっさり立ち上がる。

「さてと、ジョークはこれで終わりだ。傍観者として君の演じる劇を見届けさせてもらうとしよう！」

と話を終わらせたボードレールは……言ったそばから『とはいえ』と付け加える。

「これでも一応学園長だからね。迷える学生の君にアドバイスを一つ――〝カリス〟を集めなさい。『百血同盟』への道はそこから開かれる」

「ふん、言われなくてもそのつもりよ。じゃなきゃこんなとこ来るわけないじゃない」

「ははは、それは結構!!」

にべもなく返されたというのに、ボードレールは上機嫌で頷く。むしろ塩対応された方が嬉しいようだ。

と、その時だった。

「――学長、ここにいらっしゃったのですね！　虚偽の誘導までして、また勝手に入学挨拶を……！」

お怒りの様子で飛び込んできたのは眼鏡の女教師。

その瞬間、ボードレールは脱兎の如く踵を返した。

「おっと、これはまずい。それではそろそろお開きといこう！　さらばだ新入生諸君、願わくは実り多き学園生活を！」

そうしてすたこらさっさと逃げ去る学園長。

残された女教師は呆れの溜息をつく。

「まったく、あの人は……こほん。みなさん、今のは忘れてください。これから正式な入学式があります。どうぞこちらへ」

どうやら今のはボードレールによる文字通りの一人舞台だったらしい。

かくして案内された隣の講堂では、副学園長による真っ当な式が執り行われた。祝辞として述べられた挨拶も、先ほどとは違い形式ばったありきたりなもの。社会における魔術の重要性や、魔術師の存在意義、学園の歴史等々……真っ当ではあるものの、おざなりな入学式に新入生はみな五分で飽きてしまう。

そうして退屈な式を終えた後、各々は寮へ帰るように促されるのだった。

※※※※※

学園東部に位置する居住エリア。

そこに九つ存在する寮のうちの一つ──『スピカ寮』の一室に、リリスの姿があった。

黒糖色のネグリジェに身を包み、鏡台の前でしどけなく濡れた髪を乾かすリリス。湯浴みを終えたばかりなのだろう。その表情は黒衣を纏っていた時よりもずっと柔らか。今の彼女を見れば、正面から学園へ喧嘩を売った女と同一人物などとは誰も思わないだろう。

と、その時だった。

ふと視線を遣った鏡台の縁に、もぞもぞと蠢く小さな蜘蛛の姿が。顔をしかめてスリッパを構えたリリスは……しかし、途中で思い直したのか蜘蛛を掌に乗せると、窓からそっと逃がしてやる。それから溜息交じりに一言。

「ぼろっちい寮ね。なんでよりによってここなのよ」

なんて不満を独り言ちるリリス。

寮はここ以外に八つ存在しているが、そのいずれもが一目でわかるほど豪奢な造りになっており、各種保全魔術も過剰なほど付与されている。まかり間違っても害虫が入り込むようなおんぼろではないのだ。というのも、ここはかつてサレム＝アレイザードが手ずから建設し、現在では『百血同盟』が直々に理事会を務める国内最大規模の学び舎。生徒にも名門魔術師家系出身のいわゆる坊ちゃん嬢ちゃんが多いため、彼らが不満を感じぬよう寮にも相当な金がかけられているのである。

ただし、何事においても例外はつきもの。そしてこの『スピカ寮』こそがまさにそれ。一般家庭出身の中でも金のない者や、両親不在の孤児院出身者など『ワケアリ』の生徒が押し込まれるこの寮は、他と比べて数段雑な造りになっているのだ。

「……まっ、実際ワケアリだからしょうがないけど」

などと一人で呟いていたその時、ガチャリと浴室のドアが開く。

そこから現れたのは……

「──お風呂、いただきました」

と浴室から出て来たのはレナ。

スピカ寮は二人一組の相部屋制であるため、ここはレナの部屋でもあるのだ。本来なら同性同士でペアになるのが原則だが、主従関係にある生徒間ではその限りではない。従者を伴って入学する貴族階級の生徒も多いアウレオルス学園特有の制度である。

なので、レナが部屋にいることは何ら不自然ではないのだが……ちらっと少年へ視線を遣ったリリスは、その瞬間に大きく目を見開く。

湯上がりの少年が纏っていたのは見慣れぬバスローブ。しかもやたらと丈が短く、瑞々しい太ももが剥き出しである。それを見たリリスは……

「エッッッッッッッ!!!」

「!?　お、お嬢様……？」

「こほん、なんでもないわ」

不覚にも取り乱しかけたリリスだが、レナが怯えた顔をしているのでどうにか自制。太ももをこっそりチラ見しつつ平静を装う。

「パ、パジャマ、替えたのね」

「はい、カラスさんが『折角の新生活ならパジャマも一新した方がよい』と。こちらが似合うとおすすめされたので！」

「くっ、あのメギツネめ！　レナにこんな破廉恥な……もとい、無防備な格好をさせるなんて……！」

と義憤に震えつつ、少年のあらわな素肌をばっちり網膜に焼き付けるリリス。

そんな視線につゆほども気づかぬまま、レナは無邪気に微笑んだ。

「それにしても……この寮、とても良いところですね！」

「どこがよ？　ただのおんぼろじゃない。カラスのやつ、あんだけぼったくるならもっとマシな部屋用意しろっての」

「趣があって素敵じゃないですか。それにこの部屋、小さなバルコニーがついているんですよ！　お天気の良い日にはお茶会なんてしてみたいですね！」

「はあ、相変わらずポジティブね。まっ、あんたと一緒ならどこでもいいけど。……それよりも、髪、やって」

「はい、承知いたしました」

命じられるがまま、慣れた手つきで主の髪を梳かすレナ。されるがまま身を預けるリリスは……しかし、どこか物憂げな表情を浮かべている。それに気づいたのだろう。レナが鏡越しに問うた。

「入学式前のことですか？」

「っ！　ち、違うわよ！　別に悪かったなんて思ってないし！　だいたいね、この私に陰口叩く方が悪いのよ！」

と、責められてもいないのに言い訳を並べ立てるリリス。……どうやら、決闘を吹っ掛けた件については一応気にしていたらしい。

「舐められないためには先手でかましてやるのが一番ってことなの！　そうでしょ？」

「…………」

強引に同意を求めるも、少年は何も答えない。

「もうっ、なんでいつもみたく『そうですねお嬢様』って言わないのよ！」

「だって、あれはよくありませんでしたから」

「うっ……」

普通に正論を返されたリリスは、観念したように唇を尖らせる。

「……わかってるわよ、ちょっとやりすぎたわ……」

「わあ、間違いを認められるなんて、とってもえらいですねお嬢様！　それでは今度、一緒に謝りに行きましょうね」

「……うん」

もう十年来の付き合いだ、主の扱い方は知り尽くしている。

笑顔で言い含めたところで、レナは櫛を置いた。

「はい、お手入れ終わりましたよ。お疲れでしょうし、今日はもう休みましょうか」

るものなのだ。

と就寝を促すと、リリスは素直にベッドへ向かう。ツンツンしっぱなしというのも疲れるものなのだ。

そうしてリリスが寝床に潜り込むと、レナはその髪が傷まぬよう優しく整えてやる。それからそっと毛布をかけてやり、枕元のランプを吹き消す。そしてレースのカーテンで仕切られた自分のベッドへ向かおうとしたのだが……その袖をリリスの指先が遠慮がちに掴み止めた。

「……ね、ねえ、知ってるでしょ？　私、枕替わると眠れないの。だから……その……こっち、来なさい」

不安げな顔でもじもじ命じるその姿は、昔、怖いお化けが出てくる本を読んでしまった時とそっくり。やはり新しい環境は不安なのだろう。レナは愛おしげに微笑んだ。

「はい、ご命令とあれば」

幼少期を懐かしみながら、にこにことベッドへ入るレナ。

一方リリスはといえば……ごくりと生唾を飲んでいた。

間近に感じる美少年の体温、湯上がりの甘く優しい香り、緩い肌着からチラ見えする滑らかな柔肌は、微かに火照ってなんとも艶めかしい薄紅色に。もちろん、ベッドに誘ったのは下心があったからではない……というのは嘘で、まあ二割、いや三割ぐらいはやましい狙いもあったわけだが、まあそれはそれとして。

　こうしていざ同衾となると、ドキドキと高鳴る鼓動が収まらない。まるで借りて来た猫のように縮こまってしまうリリス。けれど、すぐに自らを奮い立たせる。欲しいものは自分の手で掴み取る――それが彼女の流儀。こんなところで臆してはいられない。ゆえに、リリスは勇気を振り絞って囁いた。

「あ、あのね、今日の下着ね、その、可愛いのよ。……み、見せてあげよっか？」

　なんて甘い吐息と共に、ネグリジェの胸元をちらりとめくってみせるリリス。……以前読んだ本に書いてあった『男の堕とし方』の猿真似である。といっても、緊張で目は泳ぎに泳ぎ、顔は耳まで真っ赤っ赤、羞恥で全身ぷるぷる震えている始末。正直、誘惑と呼ぶにはあまりにたどたどしいお粗末さだ。……が、それを補って余りあるほどの美貌がリリスにはある。どんな男でも、いや、たとえ同性であっても、魔性の美少女にこうも露骨に誘われては抗えるはずもない。ましてや十六という若き青少年にとっては劇薬なはず。少年が狼になる瞬間を、リリスは頬を朱に染めながら待ちわびる。

　……が、当のレナは不思議そうに首をかしげるだけであった。

「下着ですか……？　知ってますよ。黒のやつですよね？　だって毎日用意してるの僕じゃないですか」

そう、出会った時からレナはリリスの世話係。炊事洗濯家事全般、身の回りのことは全部レナがやってきた。食べるものも着るものも未だにレナが用意しているのだ。そもそも、リリスの下着なんてクマちゃんパンツを履いていた頃から見慣れているわけで、わざわざ見せてあげると言われても少年には何のことやらさっぱりなのである。

「それよりお嬢様、お腹が冷えてしまいますよ。ちゃんと着てください」

「え、あ、ちょ、違うから！　これはそーゆー意味じゃなくて、もっとこう、え、え、え……えっちぃ感じのニュアンスで……」

「？　ふふふ、変なお嬢様ですね。やはりだいぶお疲れのようです。さあ、良い子でおやすみしましょうね～」

まるでむずかる幼児をあやすように、優しくリリスを抱き寄せ背中をとんとんするレナ。

無論、リリスだってもう子供ではない。折角勇気を出して誘惑したのだからただで終わってなるものか。『絶対寝かしつけられたりしないんだからね！』と頬を膨らませるが……

（……は、はうぅ……）

美少年の滑らかな肌に抱かれ、風呂上がりの甘い香りに包まれ、耳元ではミルクのように優しい子守歌まで。慈愛に満ちたその抱擁はまるでゆりかごの如し。少年の圧倒的母性を前に、リリスの理性は即陥落。思考も表情もとろとろに溶かされていく。……なにせ、

幼少期からこうやって寝かしつけられてきたのだ。もう身も心もすっかり条件付けされてしまっている。情けない赤ちゃん返りもやむなしというもの。

そうやって夢見心地でうとうとするリリスは……そこで不意に問うた。

「……ねえ、あのさ……あんたは学園、どうなの……？」

「？　どう、というと？」

「だから……その……私が強引に連れてきちゃったけど……本当は嫌だったりしない？」

なんて不安げに問うリリス。……素面では絶対に口にしないであろうその臆病な問いに、レナは笑顔で答えた。

「とんでもありません。初めて見るものや初めてお会いする方ばかりで、これからの学園生活がとっても楽しみです。素敵なところに連れてきていただいて感謝しています！」

と前向きなレナだが、それはそれでなぜか浮かない顔のリリス。

「ならさ……約束してよ。もしこの先私より大事なものができても……絶対どっか行かないって」

「もちろんです。お嬢様が僕を必要としなくなるその時まで、ずっとお傍にいますよ。あの日そう誓いましたから」

返って来るのは迷いのない即答。いつもならそれで十分。だけど……幼女返りした少女は、いつもより少し欲張りになっていた。

「……それって、レナとして？　それとも――〝ゴーレム〟として？」

リリスは知っている。この少年がかつて何者だったのか。そしてそれがどういう存在だったのか。だからこそ問う。……しかし、彼女の不安はあまり伝わってはいないようだ。

「？　どういう意味ですか？」

その二つに何の違いがあるのか、さっぱりわからず首をかしげるレナ。けれど答えは返ってこなかった。――リリスは既にすやすやと寝息を立てていたのだ。やはり相当気疲れしていたのだろう。

ただ、それが当然であることはレナにもよくわかっていた。なにせ彼女はアニュエス・ブラッド――魔術師にとってはあらゆる奇跡を可能とする至高の生贄だ。そんな彼女が魔術師の学園へ乗り込むということは、ウサギが自ら蛇の巣穴に飛び込むも同義。周囲はみんな敵なのだから、ツンツンと気を張ってしまうのもむしろ正常ともいえる。

でも、だからこそ。

あどけない少女の寝顔を見守りながら、レナは心から願う。

どうかこの学園で、リリスにたくさんたくさん素敵な出会いがありますように、と。

第二章 ✲ ―茶会にて―

翌日、午後。

学園第三実習室にて。集まった新入生たちは全員がそわそわと落ち着かない様子を見せていた。その理由は簡単。『古代言語学』、『魔術歴史概論』、『幾何紋様入門』……〝学園三大睡眠導入授業〟と呼ばれる退屈な三科目を乗り越え、ようやく待ちに待った魔術学園らしい授業――すなわち『魔術基礎実技』の時間が来たのである。

そんな生徒たちの期待が最高潮に達した折、始業時間ピッタリに開くドア。そこから現れたのは、顔に大きな傷を持つ壮年の教官――

「ガルシア＝ヴァレンシュタイン――本講の担当教官であり、諸君ら尋常科一学年の教官主任も務めている。以後よろしく頼む」

登壇するや否や、淡々となされる無骨な自己紹介。生徒たちの歓心を得ようと一発ネタだのを披露する教官もいる中で、〝ガルシア〟といううらしいこの男には微塵も媚びる気配はない。……が、面白みの欠片もないはずの自己紹介を聞いた途端、生徒たちの間にざわめきが走った。

『――ガルシアって……あの「ネクロマンサー」の⁉』

『――すげえ、《解放戦争》の英雄じゃん……！』

《解放戦争》とは、十年前に終結した《アイディスベルク革命戦争》の通称である。現『百血同盟』の前身である『百血連盟』が、サレム＝アレイザードに反旗を翻したことに端を発するこの内戦は、瞬く間にアイディスベルク連邦全土を巻き込む史上最大規模の革命戦争へと発展した。『百血連盟』を軸とする反アレイザード勢力三十万に対し、サレムの私設兵団である『まつろわぬ影』を含む政府軍は八十万。当然の如く各地では激しい戦闘が繰り広げられた。中でも殊更に苛烈を極めたのが、後に《オスロア戦役》と呼ばれることになるオスロア地方での防衛戦だ。

この戦役における政府軍側の将は、〝六礙〟と呼ばれるサレムの腹心たる六幹部の一人――『国堕とし』の異名を冠する魔術師・シュラハドーラ。数にして三万という彼の大軍勢に対して、革命軍側の戦力は半数以下の六千五百。当初は三日もてばいいと言われるほど絶望的な戦力差だったが、その目算は良い意味で裏切られることになる。……二週間にも亘る壮絶な死闘の末、革命軍は見事シュラハドーラを討ち果たしたのだ。

そして、その伝説的な勝利に導いた指揮官こそが、教壇に立つこの男――ガルシア＝ヴアレンシュタインなのである。

『――サインくれるかな～？』

『――弟に自慢しなきゃ！』

『――やばい緊張してきた……！』

と、わいわい浮かれる生徒たち。魔術師家系・一般家系関係なく、彼らにとってガルシアの名は父母から聞かされた英雄譚の中の人物。興奮してしまうのも無理はないだろう。

……正直、これでは授業どころではない。

けれど、ざわめきは潮が引くかの如く急速に収まっていった。

それは教官に注意されたから……ではない。『眼前に佇むこの男の指示を、一言一句聞き漏らしてはならない』――誰に強制されたわけでもなく全員が自然とそう感じたのだ。

いうなれば、ガルシアが放つのは『規律』そのもの。そしてそれだけで、生徒たちはどんな自己紹介よりも明瞭に理解した。語られる英雄譚に誇張などなく、彼こそが指揮官として数多の兵を率い戦場を駆けた本物の軍人であることを。

「清聴感謝する。では、講義を始めよう」

教室が静まった後、ガルシアは淡々と口を開く。戦場の騒乱に慣れている彼にとって、生徒が騒いでいたことなど些末事なのだろう。そうしていよいよ始まる英雄による魔術講義。期待の眼差しを背に受けつつ、ガルシアが最初に板書したのは……一つの問いかけだった。

『魔術とは何か？』

「初講となる今回はこの命題について考えようと思う。といっても、私は軍人あがりだ。この問いを魔導学的、あるいは神学的見地から考察するに足る知見は持ち合わせていない」

素直に自らの無知を認めたガルシアは、『だが……』と言葉を継ぐ。

「もし実践的・即物的意味で同じ命題を問われたのなら、私は至極明確な答えを君たちに提示できる。それこそが……『コレ』だ」

そう言って足元から持ち上げたのは、覆いが被せられた鳥籠のようなもの。それを卓上に載せると、ガルシアは静かに覆いを外す。――その瞬間、生徒たちが一斉に息をのんだ。

「――『幻素』だ」

鳥籠の中で蠢いていたのは、ふわふわと浮遊する数種類の光体。何もない宙空をくらげのように泳ぐその様は、生物とも無生物ともつかない。この世のものとは思えぬ何かを前にした生徒たちはぽかんと目を丸くしている。

そして事実、ソレ（幻素）は文字通り『この世のもの』ではなかった。

「この地上世界と対をなす『ウツロの世界』に息づく非存在にして、あらゆる物理法則を無視した魔的現象を引き起こす未分化のエネルギー体――それがこの『幻素』と呼ばれるものたちだ。神代の遺物を除き、現世で行使される魔術はすべて幻素を介在（かいざい）して顕現（けんげん）すると言っていい。ゆえに、魔術を学ぶということはすなわち幻素を学ぶことである」

と、ガルシアは迷いなく断言する。

この世ならざるもう一つの世界に息づく存在……幻素。それこそが魔術師の力の秘密であり、生徒たちがこれから学ぶことになる魔法（まほう）そのものなのだ。

「そして幻素についてまず知るべきは一つ。多種多様な幻素が唯一（ゆいいつ）共通して備える根源的特性――『カタチへの走性』である」

耳慣れぬ言葉を口にしたガルシアは、それから例を挙げ始める。

「たとえば、蛾（が）が光に惹（ひ）かれるが如く。たとえば、ミミズが暗がりを好むが如く。特定の刺激（しげき）に対する生物の反応行動を『走性』と呼ぶ。そして幻素の場合、種類を問わず強く『カタチ』に引き寄せられる走性を持っている。……ただしここで留意すべきは、魔術用語における『カタチ』が一般に使われる『形状』という語義を超（こ）えた意味を持つ点だ」

と付け加えたガルシアは、おもむろに懐（ふところ）からペンを取り出した。

「具体的に考えてみよう。私が今手にしているこのペンという『物体』。これはカタチであるか？　答えはイエスだ。ではこのペンという『名称』、これはカタチか？　答えはイエス。ではペンという『発音』はどうだ？　ペンという『文字列』なら？　ペンという『概念』は？」

と、ガルシアの問いかけはどんどん曖昧化していく。……だが、その行き着く結論はシンプルだった。

「――答えは、すべてイエスだ。すなわち『カタチ』の定義には事物や現象にとどまらず、概念、思想、記憶、歴史、契約といった非実体までも含まれるのだ」

それを聞いて生徒たちは顔を見合わせる。

物体はまだわかるにしても、概念や契約までカタチということは……

「それって、この世にあるもの全部ってことですか……？」

思わず零れたその呟きに、ガルシアは大きく頷いてみせた。

「その通りだ。カタチとは彼我の境界を持つあらゆる事象・現象・概念を指す。つまり、この地上に存在するものはすべてカタチであると捉えることができるだろう。そして幻素には各々より強く引き寄せられる特定のカタチが存在している。……実演してみせよう」

言うが早いか、ガルシアは一節の詠唱を口にした。

「『ルクス－イノ－ヴィア』」

聞き慣れぬ発音がなされた瞬間、鳥籠内を漂っていた幻素の一つが突如膨れ上がる。そしてバチバチと花火の如く燃え盛り始めた。

「これは幻素・フラマフィア――特定の『発音』に強く引き寄せられ、その音と結びつくことにより地上での燃焼現象……すなわち炎に近似した現象を起こす幻素だ」

数秒の後、燃え上がった幻素はパチッと弾けて消えてしまう。後には何も残らない。

呪文に呼応して生じる摩訶不思議な現象……まさしくイメージ通りの『魔術』である。

「このように、幻素の嗜好するカタチを与えることにより魔術は行使される。ただし、元来異相に分かたれた『幻素』と『カタチ』をつなげるには、相応の『媒介』が必要となる。それこそが、ウツロとカタチ双方の特性を持つ『魂』由来の力――すなわち、『魔力』と呼ばれるものだ。常人の数千倍の魔力と、幻素に関する卓越した知識……両者を用いて現世とウツロの世界とを繋ぐ専門家こそが、我々『魔術師』なのである」

と実演を交えて総括してみせるガルシア。

ただそこで、一人の女生徒がおずおずと手を挙げた。

「――あの、先生……先ほどからおっしゃられている『ウツロの世界』って、どんなところなんですか？」

その質問は、事実、皆が気になっていることでもあった。

ガルシア曰く、魔術の根源は幻素だと言う。なら、その幻素の根源たる『ウツロの世界』とは？　単語だけは再三口にされたが、肝心の部分については一度も触れていないのだ。

　そんな当然の疑問を投げかけられたガルシアは……一瞬険しい表情を浮かべる。元が強面の軍人だけあって、顔をしかめるとかなりの迫力だ。口を挟んだのはまずかったか、と質問した女生徒は真っ青になって手をひっこめるが……

「ああ、すまない。この顔は生まれつきでな、よく誤解されるが怒っているわけではない。むしろ、積極的な授業への参加を大変嬉しく思う。ありがとう、ミス・フレッチャー」

　とガルシアは慌てて相好を和らげて見せる。正直、不器用な笑みは怖いままだが、本当に怒っているわけではないらしい。というか、初日にして既に生徒の名前を憶えているあたり、顔に似合わず子供好きなようだ。

　そうしてガルシアは質問への回答を口にした。

「改めて、質問に感謝する。かの世界については『魔術』ではなく『魔導』の分野であるため、本講義ではあえて言及を避けていた。実際、我々が人体構造を知らなくとも体を動かせるように、魔術の行使において魔導分野の知識は必ずしも不可欠ではないからだ。ただ……やはり触れぬわけにもいかないようだな」

と前置きしてから、ガルシアはある単語を黒板に書き出した。

「『幻象界』――またの名を『レアルム・ヌース』。幻素の起源たる〝ウツロの世界〟の正式名称だ。そこは我々が生きるこの『現象界』……『レアルム・イデア』と対をなすもう一つの世界であり、一切のカタチが存在しない原初の混沌。そこでは物体や現象はもちろん、概念すら溶け合い混ざり合っている」

とつらつら説明したガルシアは、それから不意に肩をすくめた。

「と、まあ教本通りに説明すればこうなるが……これでは正直わからぬだろう。幻象界を理解するには実際に潜るしかなく、その具体的方策は二年次から開講される『魔導学』の履修範囲だ。ゆえに、今この場で幻象界を解説しようとすれば、私から言えるのは一つだけ――あそこは、とても『怖いところ』だ」

ガルシアの口から出たのは、厳めしい軍人に似つかわしくない言葉だった。

「幻象界とはカタチなきウツロの世界。すなわち、肉体はもとより、感情、思考、意識、自我、あらゆるものに垣根がなく溶け合っている。自分を自分たらしめるものが存在していない比喩抜きの混沌なのだ。……恐ろしいものだぞ、己の存在が溶けていくというのは。何一つ確かなものなどなく、すがるべき寄る辺もない。感じる恐怖さえも自分のものなのか定かではなくなる。まるで、虚空を落ち往く悪夢の中のような………いや、すまない。

口下手な私ではこれ以上説明しようがないな」

と不甲斐なさそうに謝るガルシアだが、英雄と呼ばれる百戦錬磨の軍人がこれほどまでに恐れていること……それが何よりも鮮明に『幻象界』の異質さを物語っている。

――だが、真に彼が恐れているのは、世界そのものではなかった。

「そして何より、幻象界にはアレらがいる」

不意にガルシアの声音が変わる。

これまでで最も重苦しい口調で語られたのは、とある聞きなれない単語だった。

「『悪魔』――彼我の境が存在しない幻象界において、唯一例外的に自我を持つ知的精神体の総称だ。カタチを求める性質は通常の幻素と同じだが、思考を持たぬ幻素とは違い奴らには高度な知性がある。あらゆる手段で地上への顕現を目論み、ひとたび受肉すれば災害級の被害をもたらすことが多い。これまで確認された個体数は六十六体。いずれも姿や能力は様々だが、明確な共通点が一つ。『個』を規定する最たるカタチ……『名前』に執着することだ。ゆえに、すべてのホムンクルスは顕現した際に必ず己の名を名乗る。そのため奴らをこう呼ぶ魔術師も多い――『忌名持ち』と」

その恐ろしげな響きに生徒たちが息をのむ。それを見て、少々脅かしすぎたと思ったのだろう。ガルシアは口調を和らげて付け加えた。

「もっとも、悪魔の対処はそれこそA級以上の魔術師の役目。学生である諸君らが奴らについて覚えておくことはたった一つでいい。――名乗りを聞いたらとにかく逃げなさい。まだ足があるうちに」

そうしてガルシアは、こほん、と咳払いして話を戻した。

「だいぶ脱線してしまったな。いずれにせよ、ネームドや幻象界について深く考える必要はない。可能ならば一度もかかわらないことが望ましいだろう。どうせ我々の魂は、死後幻象界へと還ることになる。であれば、それまではこの温かなカタチの世界を謳歌するべきなのだ。名前があり、体があり、友がいる、この世界をな。……さて、堅苦しい座学はこれで終わりだ。残りの時間では実際に幻素と触れ合ってもらう。まずはこのルーネフィアから――」

――……

――……

かくしてちょっとした実技を終えた後、終業の鐘が鳴る。

と同時に大きく伸びをしたリリスの第一声は――

「あー、つまんなかった」

「お、お嬢様、そんなこと言っては失礼ですよ！」

レナの言う通りまったくもって無礼ではあるが……実際、今日の講義は魔術基礎実技。それも初回の導入部分だ。魔術師家系出身の生徒にとっては既知の内容ばかり。殊にリリスに関しては、そもそも出席日数未達による放校処分を防ぐために登校しているだけ。別に何かを学びたくて通っているわけではないのだから、この感想もしょうがないといえばしょうがないだろう。

というわけで、さっさと教室を離れようとするリリスとそれを追いかけるレナ。……が、その時だった。

「──リリス＝アレイザード、少し残りなさい」

背後から二人を呼び止めたのはガルシア教官。

その瞬間、リリスはやけに慇懃な態度で振り返った。

「何でしょうか、先生？」

「放課後、北校舎裏へ行くように」

下されたのは簡潔な指示。

それに対し、リリスは『やっぱりそう来たか』とばかりに笑った。

「ふふっ、それはもしかして……決闘の申し込みでしょうか？　――あんただって『百血同盟』の一門だものね、私が欲しくてたまらないんでしょ？　いいのよ別に、場所なんか変えなくたって！　やるなら今ここでやろうじゃないの！」

と、敵意満々で決めつけるリリス。

教師という肩書を貼り付けたところで、結局のところガルシアだって魔術師だ。であれば、彼もまたアニュエス・ブラッドを狙う敵ということ。最初から信用なんてしていない。

すっかり臨戦態勢のリリスに対し……ガルシアは小さく溜息をついた。

「リリス＝アレイザード……あの魔導王が三百年かけて作り上げた最高純度の人供物。その生き血はたった一滴で魔術師千人分の命に相当する贄となる――確かに君を欲する魔術師は多いだろう。教員だからといって信用しない姿勢は実に正しい。特にこの学園ではな」

授業中と同様、ガルシアは淡々と事実だけを口にする。ここがリリスにとって敵地であることを否定する気はないらしい。

だが……

「身構えさせてしまって申し訳ないが、あいにく私は軍人魔術師だ。探究のためではなく殺しの道具として魔術を修めただけの身。戦争が終わった今、奇跡の生贄に縋るほどの望みなど持ち合わせてはいないよ」

「はあ？　ならなんの呼び出しなわけ？　言ってみなさいよ」

「もっと学生らしい理由だ」

「へえー、っていうと？」

どうせ白々しい誤魔化しだろう、と高をくくるリリスに対し、ガルシアは簡潔な答えを告げた。

「罰則だ」

「……は？　ちょっと、なんの罰よ！　心当たりなんて……」

「入学式前の私闘未遂の件だ。……あの時、君はまだ当校の学生ではなかった。その状態で学園敷地内で戦闘行為を行ったのだ。それも、結果的とはいえ無抵抗のアーノルド少年に対して一方的に。……本来であれば対侵略者規定で処分されてもおかしくないところを、学長が手をまわして罰則で済ませる運びとなったのだ。ここは甘んじて受け入れるのが賢いだろうな」

「うぐ……」

ぐぅの音も出ない正論に唇を噛むリリス。こうなると、一人だけやる気満々だったのが恥ずかしくなる。

だが、負けず嫌いの彼女がそのまま引き下がるはずもない。

「で、でもね、それを言うならもう一人いるわよ！　私に喧嘩吹っ掛けて来た女！　な、名前は知らないけど……あれだって私闘未遂じゃない！　私だけ罰なんておかしいわ！」

と、どうにか罰を免れようと無駄な抵抗を試みる。

……すると、想定外の反応が返ってきた。

「ああ、そのことか。それに関しては……すまなかった」

「は？」

「ど、どうして先生が謝るのですか……？」

なぜか頭を下げるガルシアに、レナが慌てて問う。

その答えは意外なものだった。

「あの子の名はサリア――サリア＝ヴァレンシュタインだ」

「ヴァレンシュタイン？　それって……」

「ああ、私の娘だ」

思わぬ事実を告げられたリリスは、まじまじとガルシアの顔を見た後……

「全然似てないわね」

「お、お嬢様、それは失礼かと……！」

「あの子は妻似だ。幸いなことにな」

と肩をすくめたガルシアは、それから申し訳なさそうに続ける。

「なぜサリアが君を退学させたがったのか……正直、私にもさっぱりわからない。ただ、これだけは理解してやって欲しい。あの子に悪意はない。少々言葉足らずというか……他人とのコミュニケーションが苦手な子なのだ。なにせ十年前に母親を亡くしていてな、私が男手一つで育てたのだが、この通り私も口がうまいタチではない。あの子自身の能力の都合もあり、口下手が移ってしまったようなのだ」

すまなそうに弁明するガルシアからは、英雄らしい覇気など欠片も感じられない。年頃の娘に翻弄されるごく普通の父親のようだ。

ただそれでも、最後に一つだけはっきりと断言した。

「だが、これだけは保証する。サリアはいい子だ。だから……仲良くしてやってくれると嬉しい」

「それ、教員命令？」

「いいや、親としてのお願いだ」

厳格な教師でも戦場の英雄でもなく、娘を案じる一人の父親としての言葉。それを聞いたリリスは…………べーっと意地悪く舌を出した。

「お・こ・と・わ・り、よ！　しみったれた不幸自慢を私にしないで！」

下品なハンドサインを残してぷんぷん歩き去っていくリリス。罰則を命じられたのがよほど業腹だったらしい。

「す、すみません、ガルシア先生……！」

と慌ててフォローするレナ。

だが、ガルシアは気を悪くした様子もなく首を振った。

「いいや、構わない。素直なのは良いことだ。……正直言って、アニュエス・ブラッドはもっと歪んだ性格をしていると思っていた。そうなって然るべきほどに過酷な環境だったはずだ」

十年前の解放戦争……一般にはサレムを討伐したことで終息したとされているが、実際は違う。他のあらゆる戦争がそうであるように、戦後にはもう一つの戦い……すなわち、戦勝側による戦利品の争奪戦が待っていたのだ。そしてその目玉となったのは、言うまでもなく魔導王が生み出した奇跡の生贄――リリスである。

争奪戦が始まってから、エヴァリア＝アレイザードに保護されるまでの三か月間……当時まだ六歳だったリリスが『戦利品』としてどのように扱われたか、想像するのもはばかられる。そんな境遇を考えれば、正面からツンツンするだけのなんと可愛らしいことか。反抗期としては年相応とさえ言えるだろう。

そして、彼女がそうなった要因は――

「きっと、それは君のお陰かな？」

とレナへ問いかける視線には、未知の存在に対する興味と……一抹の警戒が込められていた。

「レナ＝アレイザード――幼き仔羊の庇護者。出自も来歴も一切不明。わかっていることと言えば一つだけ。あの魔女が他の誰でもなく、君という少年たった一人に妹を託したこと。ゆえに、『百血同盟』でも訝る者は多い。君は一体何者なのか、とな」

探るような視線を向けるガルシア。……だが、レナはいつものように柔らかく微笑むだけ。

「そう言われるとこそばゆいですね。ですが、僕は注目されるほどの者ではないですよ。お嬢様が僕を必要としなくなるその日まで、守り続けると誓っただけです」

そう答えるレナの口調からは、謙遜も隠蔽も感じられない。ただありのままのことを素直に口にしているだけ。

「なので、今はお嬢様が楽しく学園生活を送るお手伝いができればいいなと思っています。時々はしたない言葉が出てしまうこともありますが、お嬢様はとってもいい子なんですよ！　なので、先生にも仲良くしていただけると……」

と言いかけて、レナはハッとする。先ほどのガルシアと全く同じことを言っていると気づいたのだ。そして、それはガルシアの方も同じだった。

「ふふふ……苦労するな、互いに」

これ以上の詮索は意味がないと理解したのだろう。警戒を解いたガルシアは、初めて顔をほころばせる。それに対し、レナもまた嬉しそうに笑い返すのだった。

「いえ、それもまた幸せです！」

と、その時だった。

「――ちょっとレナ！　さっさと来なさいよ！」

「はいはい、今行きますよ」

不機嫌に呼ばれたレナは、ガルシアに頭を下げてその場を後にする。

そうして追いついた主はといえば……ぷんすか頬を膨らませていた。

「ったく、なーに仲良くおしゃべりしちゃってんのよ！　あいつだって百血同盟なんだから、敵よ、敵！」

「そんなことありませんよ。笑顔の可愛いお方でした」

「か、可愛いって……子持ちのおっさんじゃない」

と呆れてから、リリスはふと思い当たる。

「……ん？　ちょっと待って、ねえレナ……あんた、もしかしてどっちもいけちゃう？」

「何がですか？」

「だ、だから、その、もにょもにょ対象というか……」

「？？？」

何のことだかわからない、と首をかしげるレナ。

リリスはやきもきと悶絶した後、とうとう諦めるのだった。

「な、なんでもないっ!!」


――……

――……


――十分後。

二人はガルシアから言い渡された学園北校舎裏に来ていた。……もちろん、すっぽかそうとするリリスをレナがなだめて連れて来た、という意味だが。

なんにせよ、到着したその場所に聳えていたのは……

「『第二魔獣厩舎』――ですってお嬢様！　魔獣さんたちがいっぱいいるのでしょうか！」

「あんのクソ教師……この私に家畜のクソ掃除やらせる気なわけ⁉」

与えられた罰則というのは、どうやら家畜厩舎のお手伝いらしい。もはやこの時点でリリスのご機嫌は急斜面。それでもレナがなだめすかして厩舎の入り口へ向かうと……そこには彼女の苛立ちを更に煽るものが待っていた。

「……あのね、百歩譲って罰はいいわ。家畜小屋掃除とか、マジで、心底、死ぬほど嫌だけど、それも我慢してあげる。けどね、どうしてもこれだけは納得できない。……なんであんたがいんのよ！」

ブチギレるその矛先は、当たり前のような顔で立っている蒼髪の少女――そう、入学式前にリリスへ『退学しろ』と迫ったあの女子生徒……ガルシアの娘であるサリア＝ヴァレンシュタインだ。

ちなみに、ここにいる理由はというと……

「ばつ、サリアも」

と、相変わらず簡潔に答えるサリア。

どうやらガルシアはえこひいきなしに娘にも罰則を下したらしい。

「まあまあ、賑やかな方が楽しいじゃないですか」

「はあ？　どこが楽しいのよ。あんたと二人きりなら我慢できたのに……」

と頬を膨らませていたリリスは、しかし、不意に何かに気づいたようだ。

「……いや、そうね。確かに悪くないかもね」

思い直したようにそう呟いたリリスは……ずいっとサリアへ詰め寄った。

「聞いたわよ。あんた、あのネクロマンサーの娘なんですってね。百血同盟が第二十九席〝屍面舞踏〟のヴァレンシュタイン家……ってことは、あんたも持ってるんでしょ――『カリス』」

その問いかけに対し、サリアはポケットからあるものを取り出した。

「これ？」

サリアの掌に乗っていたのは、杯の形をした小さなバッジ。

それを見た瞬間、リリスはにんまりと笑う。

「良かった、まだとられてないみたいで。……それが何かは当然知ってるんでしょうね？」

試すように問われたサリアは、ふんすと張り切って答えた。

「きれいな、バッジ！」

「違う」

「……しょんぼり」

秒で否定されて悲しそうに俯くサリア。

リリスは馬鹿にしたように溜息をつく。

「とぼけてんの？　それともマジもんの馬鹿？　いーい、この『カリス』は監督生の証なのよ。各学年で二十人ずつ任命される監督生は、月に一度の『百血学生評議会』への参加が認められる。そしてこれはおままごとみたいなそこらの生徒会とはモノが違う。『百血学生評議会』はね、この国の下院に相当するのよ」

二院制を敷くアイディスベルク連邦において、下院とはいえ政治中枢の片翼を担う組織……確かにただの生徒会と呼ぶにはあまりに権力が大きすぎるだろう。そしてそうなった理由は簡単だった。

「なんせ、この学園を創始したのはサレム＝アレイザードだもの。あいつはよく理解していたわ、自分を脅かすものは必ず若い世代から現れるって。だから学生評議会を使って優秀な若年層を自陣営に囲い込んでいたってわけ。……ま、これは今どうでもいいわ。重要なのは、上院があの『百血同盟』であるってこと。つまり……このカリスは『百血同盟』へつながる最高の足掛かりになるってことなのよ！」

と、淀みなく説明しきったリリスに対し、『へえー』と素直に感心しているサリア。その隣ではレナまで感服した表情で拍手している。

「ちょっとレナ、なに驚いてんのよ。あんたは知ってたでしょ？」

「それはそうなのですが……馬鹿にしたようでいて懇切丁寧に教えてあげるお嬢様に感服しておりました！」

「リリス、しんせつ！」

「なっ……ち、違う！　別にこいつのためなんかじゃないんだからねっ！」

褒められたことで逆に調子が狂ったのか、リリスは顔を真っ赤にする。

「これぐらい知っててもらわなきゃ話が通じないの！　っていうか、どうせあんたまだ理解できてないでしょ。このカリスが監督生の証ってことの本当の意味」

挑発的に問われたサリアは、今までになく真剣な面持ちで答えた。

「かんとくせいのあかしということは……かんとくせいのあかしということ！」

「わあ、サリアさんは賢いですね！」

「むふふ」

と、レナに褒められてドヤ顔のサリア。だが……

「違う」

「……しょんぼり」

再び一刀両断したリリスは、知識マウント全開で説明する。

「お馬鹿なあんたに教えてあげる。カリスが監督生の証っていうのはね、文字通りの意味なのよ。監督生がカリスを持つんじゃない、カリスを持っているのが監督生なの。その入手方法を問わず、ね。……どう、さすがにこれで理解したかしら？　競争による成長を促（うなが）すために、カリス制度は最初から学生間での奪（うば）い合いを誘発（ゆうはつ）するためにデザインされたものなの。そして争奪戦を助長するためのルールがこの学園にはある――」

　そうしてリリスは、ようやく言いたかったその一言を放った。

「ってことで、さあ――決闘よ!!」

　と、高らかに宣戦布告するリリス。この文言を突（つ）きつけたかったがために、わざわざ一から十まで説明してやったのだ。

「あんた、私を退学させたがってたわよね？　なら私が負けたら退学してあげる。その代わりに、私が勝ったらカリスをいただくわ。もちろん、嫌（いや）とは言わないわよね？」

　リリスは有無（うむ）を言わさぬ勢いで詰め寄る。

　なにせ、彼女がこの学園に来たのはこれが目的なのだ。決闘により力技でカリスを集め、『百血学生評議会』を乗っ取り、最終的には『百血同盟』を内側から潰（つぶ）す。その最短ルートを進むために、わざわざくだらない学生ごっこに興じてやっているのである。

　そして今こそ、その最初の好機。つかみどころのない少女ではあるが、初日から喧嘩（けんか）を売ってくる相手だ、もちろん断るはずもないだろう。決闘に同意してさえくれれば、秒でぶっ倒してカリスを奪ってやる——と、リリスはやる気満々で呪符を取り出す。

……だが。

「——いまはばつのじかん。ちゃんとやらなきゃ、めっ！」

「——お嬢様、サボりは感心しませんよ！」

「うっ、急に正論を……！」

二方向から返ってきたのは、実に冷静なド正論。ヒートアップしていたリリスは冷や水をかけられたように後ずさる。

「っていうかレナ、あんたどっちの味方なのよ！」

「もちろんお嬢様ですよ。……ですが、『甘やかすだけが本人のためではない』と本に書いてありました」

「くっ、月並みな教育論を……！」

と唇を噛むも、こちらも正論なので分が悪い。……が、ここで折れたら散々説明してやったのが無駄骨になる。何としても決闘までこぎつけなければ。

かくなる上は……強行手段あるのみ。

「いいから同意しなさい！」

「や」

「同意しろ！」

「や」

「しなさいよ！」

「や」

と不毛な押し問答を繰り広げるリリスとサリア。それを眺めながら『仲良くなれたようで何よりです！』と嬉しそうににこにこするレナ。

いよいよ収拾がつかなくなりかけたその時だった。

「──あ、あんのぉ……」

いつの間にそこにいたのか。おずおずと割って入ったのは、小柄な眼鏡の教員だった。

「え、えっと、わた、私は厩舎管理担当で……あっ、そ、その前に、名前……な、名前はフレンダで……す、好きな物は……って、あ、あ、そ、そこまではいいか、あ、えと……」

〝フレンダ〟というらしいその教官は、消え入りそうな声で仲裁を試みる……のだが、どうにも喋るのが苦手らしく、勝手にもごもごと縮こまっていく。

「あの……大丈夫ですか？」

「は、はひっ！」

さすがに見ていられず、心配そうに気遣うレナ。すると、フレンダは突如涙目になった。

「うぅ……じ、実は私、臨時採用で、研究室勤務って話だったのに、先生病欠でいきなり現場で……こ、こんなに人が多い学園なんて知らなくて、い、田舎から来たから慣れてなくって、お、おしゃべりも苦手だしぃ……！」

どうやら大変切羽詰まっているらしい。半べそを掻くその背中を、レナはよしよしとさすってやる。

「焦らなくても大丈夫ですよ。『伝えたい』という先生の気持ちがとてもよく伝わってきます。あなたのペースで歩いていきましょう」

「……お、おっかあ……！」

包容力に満ちたその笑顔に思わず溢れる郷愁。……フレンダが赤ちゃん返りするのは必然と言えた。

「おっかあ……おっかあのおやきが食べたいよぉ……！」

「ちょっとレナ！　誰にでもママみを振りまくなっていつも言ってんでしょ！」

「ままみ……？　さすがお嬢様、難しい言葉を知っていて偉いですね！」

「サリアもっ、サリアもよしよしして！」

「はいはい、ちょっと待ってくださいね～」

「ああもう、めちゃくちゃくちゃじゃない!!」

何はともあれ。

担当教官まで登場してしまってはさすがに決闘強行は難しい。とりあえず罰則を消化すべく、四人は魔獣厩舎へと足を踏み入れる。

するると……

「うわあ、すごいですね！　こんなにたくさんの魔法生物が……！」

「もふもふ、いっぱい！」

大きな二本角を揺らす『バイコーン』に、六枚羽の蝶に似た『フェアリー』、羊とカバを掛け合わせたような『エアリー』からもふもふふわふわの『ライラプス』まで。どうやら放牧フロアらしく、魔獣たちがそこらへんを自由にうろついている。無論、これだけの数の魔獣にお目にかかる機会などそうそうない。レナとサリアは目を輝かせて大はしゃぎ。

そしてリリスもまた、ふぅん、と嘆息を漏らした。

「ま、伊達に魔術学園名乗ってないわね。よくこんだけ魔物集めたもんだわ」

と、珍しく素直に感想を漏らすリリス。……が、どうやらそれが地雷だったらしい。

「――ち、違います！　魔獣と魔物は全然別物ですっ!!」

突如として大声をあげたのはフレンダ。リリスがぎょっとしているうちに、フレンダは人が変わったように猛然と語り始める。

「『魔物』は人為的に幻素と融合させられた人工生物で、例外はダンジョン内での特異的自然発生のみ！　いずれにせよ生態系の担い手でないという観点から既存生物とは根本的に異なります！　対して『魔獣』は幻素を操る動植物全般を指します！　そのほとんどが希少種ですが、彼らは太古より人間と同じく幻素と共存し、この世界の生態系の一員として生きているのです！　ソコントコ一緒にされたら困るんですよねホント！」

「すごい、はやくち！」

「たくさんおしゃべりできて偉いですね～」

「うわ、おたくじゃん。キッショ」

と、興奮するフレンダをなだめつつ、いよいよ罰則開始。

そこで命じられた仕事とは……

「み、皆さんには、さ、蚕室のお掃除をお願いします……！」

案内されたのは厩舎の第三区画。そこには床一面に大量のケージが置かれており、中で蠢いているのは白くてぷよぷよした大量の芋虫――『蚕』である。

蚕とは古くから繭糸を取るのに使われている虫で、養蚕が盛んな地方に行けば大して珍しいものでもない。……が、ここは魔術学園だ。どうやら普通の蚕とは少し違うらしい。

「こ、この『リュウゼンカイコ』には、幻素を繭に織り込むことで強度をあげる習性があるんです。この糸から紡がれた布は魔術耐性を持つので、防具系の魔装によく使われるんですよ！」

魔獣厩舎にいるのだから、当然この蚕だって幻素を操る魔獣の一種というわけだ。

そしてそのお世話内容はというと……

「え、えっと、食用の葉の交換と、ち、散らばった糞の掃除、そ、それから、水の交換と、ま、繭になりかけの子がいたら教えてください……！」

「わかったけど……それだけでいいの？　なんか普通ね」

魔獣に属する蚕というから身構えていたが、特に魔術要素っぽい指示はない。少々肩透かしを喰らった気分だが……フレンダはにっこりと微笑む。

「そ、そういうものですよ。せ、生態の一部に幻素がかかわっているだけで、同じ生き物に変わりはありませんから！」

幻素を扱うと言えば大げさだが、ほとんどの魔獣は人間のように自在に魔術を操るわけではない。ただ生態の一部に幻素がかかわっているだけの普通の生物なのだ。

というわけで、お仕事開始。

無論、蚕のお世話なんて初めての体験ではあるものの、フレンダの補佐があれば難しいことではなかった。なにせ、牙も爪も持たない蚕に危険性はなく、新鮮な葉と水だけで育つため嫌な臭いもしない。人慣れしているためか暴れることもないし、逆にもぞもぞと寄ってきて指にじゃれついてくる個体もいるほどだ。……どうやらガルシアはかなり優しい罰を用意してくれたらしい。

そのお陰か、最初は死ぬほど嫌がっていたリリスも徐々に慣れて来たようだ。

「ふふふ、とっても可愛いですね！」

「ま、まあ、見慣れれば……それなりにね」

一生懸命ごはんを食べている蚕たちを、まるで子を見守る母親のようにうっとり眺めるレナ。彼ほどではないものの、リリスもまたうぞうぞしている蚕をつっつく。

だがそこで、リリスはふと気づいた。箱の隅で急に動かなくなった蚕がいるのだ。

「ん？　こいつ、どうしたのかしら？」

と、リリスが蚕をつまみ上げたまさにその時だった。

ぷちぷちと嫌な音が聞こえたかと思うと、唐突に蚕の腹を食い破って顔を出す紫色の幼虫。それも、一匹だけではない。音を立てて肉を食いちぎりながら、蚕の内側から次々と幼虫が這い出て来たのだ。

「ナ、ナ、ナ……コレ、ナニ⁈　トッテ、トッテェ……！」

掌の上で繰り広げられるあまりにグロテスクな光景。

唐突なスプラッター展開に硬直するリリスは、カタコトで助けを求めるも……

「わあ、『ウツロマユバチ』の幼虫ですね！　針のような卵管で蚕に卵を産みつける寄生蜂です！　孵った幼虫はこうやって苗床になった蚕を内側から食べて成長するんですよ！　本物は初めて見ました！」

と、レナは目をキラキラさせて感動するばかり。さらにそこへしゅばばばばっと駆けつけて来たのはフレンダ。

「れ、レナ君、詳しいんですね！」

「家には図鑑がたくさんあったので。僕、生物の本が大好きなんです！」

「そ、それは素晴らしいですっ！　こ、今度一緒に語り明かしましょう……！」

「はい、是非！」

などとリリスそっちのけで睦まじく趣味のトークを交わす二人。その傍らでは、状況がよくわかっていないサリアだけが『リリス、がんば！　リリス、ふぁいと！』と一生懸命応援してくれる。……それが何の役にも立たぬことは言うまでもないが。

結局リリスにできるのは、ただ涙目で震えることだけなのであった。

「アノ、イイカラナントカシテ……！」

とまあそんな不運もありつつ、およそ一時間。リリスたちは幾つかの厩舎を回り終えた。
特殊な羊毛が取れる『ラピスホーン』の毛刈りや、人間の赤子に酷似した『マンドラゴラ』の植え替え、炎の幻素を主食とする『サラマンダー』たちの脱皮補助等々、掃除以外にも割とこき使われた気がするが、いずれにせよ仕事は完了である。

「――そ、それにしても、すごかったです！　れ、レナ君のお陰でとっても捗りました！」

作業後、片づけをしながら興奮気味に語るのはフレンダ。というのも、魔獣の世話においてレナは大活躍だったのだ。
獰猛なはずのラピスホーンたちが子犬のように腹を見せ、泣き叫ぶはずのマンドラゴラはきゃっきゃと大喜びし、サラマンダーは餌の幻素よりもレナをぺろぺろするのに夢中。魔獣たちがみなレナに群がっていたお陰で、掃除が簡単に終わったのである。そう、レナは昔からやたらと動物に愛される体質なのだ。
……もっとも、何事にも損な役回りというのは存在するわけで……

「あ、リリスさんもお疲れ様です！　ど、どうですか、ま、魔獣の魅力は伝わりましたか？　伝わりましたよねっ⁉」

「……ねえ、これが伝わってるように見える？」

　とひどく不機嫌に答えたリリスは、全身砂埃と魔獣の毛にまみれている。そう、レナが魔獣を一か所に引き付けている間、実際に厩舎の掃除をしたのはリリスなのだ。レナの手が空かない分、むしろ彼女単体の仕事量としては倍だったのである。……ちなみにサリアはというと、ラピスホーンの群れに交じってレナになでなでされていただけ。当人は満足気に喉を鳴らしていたが、戦力としては糞の役にも立ってはいない。

「ったく、クソケダモノどものクソ掃除なんて二度とごめんだわ！」

「そ、そうですか……お、お気に召しませんでしたか……」

　と、フレンダはしょんぼり肩を落とした……かと思いきや。

「で、ではでは、次回は第一厩舎に行きましょうね！　あ、あっちには子供に人気なカッコイイ魔獣がたくさんいますから！　け、ケルピーとか、マンティコアとか、なんとなんとドレイクまでいるんですよ!!」

「私の話聞いてた？」

「え!?　も、もっとすごいのが見たいんですか!?　こ、困っちゃいますね～、そうなるともう神獣クラスですよ～！」

「あんた、本当はメンタル強いでしょ？」

呆れ返るリリスだが、スイッチが入ったフレンダは止まらない。

「『星を編む鳥（シークムルグ）』、『第九象限を泳ぐ鯨（ドランケティス）』、『宵食む山脈（ウルルク＝ヤマシュ）』――し、神獣ってロマンですよね～！　わ、私もできることなら神代に生まれたかったなあ……！」

なんて、夢見る乙女（おとめ）のように目を輝かせるフレンダ。

それを聞いて、リリスはふんと鼻を鳴らした。

「神代、ねえ……」

『神代』――読んで字の如（ごと）く『神』がいたとされる時代のことだ。一万年以上前の世界であり、今なら奇跡と呼ばれるような現象が当たり前に起きていた時代だと言われている。

「それって要するに、化け物がうじゃうじゃいた時代でしょ？　私ならごめんだわ」

「そ、それなら心配ないですよ！　だ、だって……かの時代には守護者がいましたから」

そう言って、フレンダはソレの名を口にした。

「〝ゴーレム〟――神が創りし人類の守り手。あらゆる神獣を凌（しの）ぐ不変不滅（ふめつ）のガーディアン。わ、『ワーストピース（できそこない）』と呼ばれた七番目を除き、六機のゴーレムたちはいずれも根源物質によって形作られ、に、人間の都『エデン』を守護していたそうです。わ、私たち非力な人類が神代を生き延びられたのは、ひとえにゴーレムの庇護（ひご）のお陰なんですよ！」

人類の守護者たる七機の人型――フレンダが語るそれは、子供向けの絵本にもなっている有名な御伽噺だ。

　そしてその名を聞いたリリスは、なぜか少し小さな声で問うた。

「……ねえ、先生」

「は、はい？　なんでしょう？」

「そのゴーレムってさ、最強だったんでしょ？」

「も、もちろん！　失敗作の七番目を除けば、ですが」

「だったらさ、なんでそいつらは今残ってないの？　一体誰が破壊したの？」

　珍しく素直に投げかけられたその問い。だが、残念ながら答えは得られなかった。

「さ、さあ、なんでしょう？　ゴーレムは魔装分野の話になるので、わ、私は専門じゃなくて……」

「……そ。ありがと」

※※※

　そうして片付けを終えたリリスとレナは、サリアやフレンダと別れて帰路に就く。

　……ただ、ようやく罰則をこなしたというのにリリスはどこか不機嫌な顔。

「お嬢様？　どうかなさいましたか？」

「だって、失礼しちゃうじゃない。『できそこない』なんてさ！」

とリリスが憤慨するのは先ほど聞いた話についてだ。

けれど、レナはといえば明るく笑い飛ばした。

「あはは、それなら気にしていませんよ。そもそも、ゴーレムだった頃の記憶はあまりはっきりしていませんので」

自分の出自にまつわる話だというのに、レナは無頓着に微笑むばかり。彼にとっては自身の過去すら些末事なのだろう。

「そのあたりのことはきっと、エヴァリアさんなら詳しいのでしょうが……」

「やめて。あのバカ姉貴の話はしないでっていつも言ってるでしょ」

『エヴァリア』という名前が出た瞬間、リリスは不機嫌に唇を尖らせる。

「まあいいわ。とにかく、さっさと帰ってシャワー浴びなくちゃ。ほんと最悪な一日だったわ！」

「もー、そんな悲しいこと言わないでください。頑張りはいつか必ず報われます。一生懸命お掃除したぶん、きっといいことがありますよ！」

なんて、いつものプラス思考で元気づけていたその時だった。不意に前方の曲がり角から現れる一団の姿が。

「あ、どうもこんばんは！」

ばったり出くわしたその一団は、制服姿の同級生たち。どうやら彼女たちも帰寮する途中らしい。なのでレナはいつものように元気に挨拶する。

すると……

『ど、どうしたの、それ……？』

ぎょっとした様子で同級生の一人が声をかけてくる。その視線の先は魔獣の毛にまみれたリリスだ。

「は？　どうだっていいでしょ。あんたらに何か関係あるわけ？」

と、いつもの調子で噛みつくリリス。

敵だらけのこの学園では隙をさらせば終わり。無様な格好を笑われる前に先制攻撃で黙らせなければ。……が、そこからは思わぬ展開に。

「厩舎のお掃除です。罰則を受けてしまいまして。ですが、とても勉強になりました！」

「ちょ、答えなくていいっての！」

などと、いつもの如く勝手にレナがフォローしてしまう。すると、そのやりとりを聞いてか、相手の女生徒はくすっと笑顔を見せた。

『へえ、リリスさんってそういうのちゃんとやるんだ。意外』

「え……な、何よ急に……？」

女生徒のその一言を皮切りに、同級生たちは次々と同意を示す。

『わかる。私、もっと怖い人かと思ってた！』

『決闘騒ぎとかあったもんな』

『でも俺思うんだけどさ、あんなん陰口叩いてた奴が悪くね？』

『それな。俺もそう思ってたわ』

『むしろさ、そーゆーのにちゃんと言い返せるのってかっこいいよね！』

と何やら盛り上がる生徒たちは、それからレナが一番聞きたかった言葉を口にした。

『ねえリリスちゃん、友達になろうよ！　私はケイ。よろしくね！』

『俺はアーサーだ。こっちはハンス。よろしくな！』

『私はリナリー！　これからよろ～！』

「……え、あ、ええ……」

にこやかな面々は友好的に微笑みかけてくる。……初めてのシチュエーションに、借りて来た猫状態になってしまうリリス。なので、代わりにレナが微笑んだ。

「ぜひ、今度みなさんで寮に遊びにいらしてください。お茶をお淹れしますよ！」

『おっ、そりゃ楽しみだ！』

『それじゃあ、また明日ね、リリスちゃん！』

そうして手を振りながら去っていく一団。

その背中を見送ってから、レナは嬉しそうに問う。

「どうですか？　いいこと、あったでしょう？」

「……ふんっ」

ぷいっとそっぽを向くリリスは、しかし、どこかまんざらでもなさそうな表情。それを見てレナは一層顔をほころばせるのだった。


――――……

――――……


その夜。

月明かりの下、ベッドに横たわりすやすやと眠るリリス。厩舎掃除を頑張ったため疲れたのだろう。いつになく満足気な顔で熟睡している。

その寝顔を愛おしげに見守っていたレナは……おもむろにベッドから起き上がる。そして部屋から続くバルコニーへと出たかと思えば、せっせと始めたのはお茶の用意。テーブルを設え、クロスを敷き、ティーカップにお茶菓子まで。リリスを起こさぬよう静かに準備を終えると――レナは唐突に闇夜へ向かって微笑みかけた。

「どうぞ皆さん、遠慮せずこちらへ」

と声をかけるも、返って来るのは静寂だけ。……いや、それは束の間。レナの招待に応じて宵闇の奥から複数の足音が。そしてバルコニー下の庭園に姿を現したのは、四人の生徒。いずれの顔にも見覚えがある。

――夕方友達になったあの同級生たちだ。

「早速お越しいただいてありがとうございます！　ですが、すみません。お茶の好みを尋ね忘れていました。お口に合えば嬉しいのですが……」

と、申し訳なさそうに微笑みかけるレナ。

だが、相対する生徒たちには微塵の笑みもなかった。

「ふん、白々しいぞレナ＝アレイザード――アニュエス・ブラッドの護衛め」

「私たちの監視に気づいたところは褒めてあげるわ」

「え……？　監視……ですか？　あの、お茶会にいらしたのでは……？」

困惑するレナに向かって、生徒たちは先ほどとは打って変わった冷たい視線を向ける。

「そんなわけないだろうが。お前たちに近づいたのは単なる監視のためだ。……まさか、生贄風情が本気で『楽しい学園生活』なんてものを送れる気でいたのか？　笑わせるな」

「これまであなたたちが無事でいられたのは魔女との契約があったからよ。でもそれは御三家によって打ち破られた。今現在アニュエス・ブラッドを守るものは何もない。なのにのこのこ学園へ来るなんて、平和ボケもいいところね」

「で、では、お友達になりたいというのは……？」

未だ状況を飲み込めないレナは、それでも望みをかけて縋るように問う。

……だが、返ってきたのは無慈悲な答えだった。

「近づくための嘘に決まってるでしょ。馬鹿ね、あなた」

浴びせかけられる冷ややかな嘲笑。笑いものにされるレナは、言い返すこともできず悲しげに俯くだけ。

と、その時。生徒たちに同意するもう一つの声が響いた。

「――まったくその通りね。だけど、一つ覚えておきなさい。レナをいぢめていいのは、この世で私だけってこと！」

凛とした声を轟かせて現れたのは、静かに怒気を滾らせたリリスだった。

「来たかアニュエス・ブラッド。よく聞け、お前には三つの選択肢がある。一つ、今後貴様が行動するときは必ず我々の同伴を――」

と、お目当てのリリスを前にして、早速要求を突きつけようとする生徒。

だが……

「あー、そういうのいいから。あんたたち……えーっと、ごめん。名前一人も覚えてないわ。とりあえずさっさと始めましょ」

「は……？」

「だから、交渉とかしゃらくさいって言ってんの。――私が欲しいなら力ずくで奪ってみなさいよ！　折角雁首揃えてんだし、全員一度に来たっていいわよ！」

と挑発するリリス。

……だが、生徒たちはなぜか戸惑いの表情を浮かべる。

「わ、我々の役目は監視と交渉で……」

やけに及び腰なその返答を聞いた瞬間、リリスはにやりと笑った。

「ははっ、やっぱりね。そんなことだろうと思ってたわ。……あんたら、本当は私を手に入れるのが怖いんでしょ？」

「……！　な、何を適当なことを……」

否定しようとする生徒たちへ、リリスは容赦なく畳みかける。

「見たところ、あんたら百血同盟の中でも七十席以下の末端(まったん)でしょ？　じゃなきゃ監視なんて泥臭(どろくさ)い仕事やらされるわけがない。上位家系から圧力をかけられたあんたらの親が、さらに自分の子供に命じてるってところかしら？」

『百血同盟』――アレイザード打倒(だとう)のため結成された、百門の魔術師(まじゅつし)家系からなる魔術同盟。今現在は国の中枢を担う政府機関としても機能している、まさにこの国で最上位に君臨する百の家門だ。……が、そのすべてが平等かといえば、当然そんなことはない。同盟内には明確な席次が存在し、それに準じた序列(カースト)が形成されている。アレイザードから奪った空の玉座を、今度は百門の中で奪い合っているのが現状なのだ。

そしてそれをよく知っているリリスは、冷徹(れいてつ)に言い放った。

「要するに、あんたら下っ端(したっぱ)も下っ端のゴミってことね」

「ぐっ……！　貴様、そのような侮辱(ぶじょく)を……！」

「だーかーら、違うってんならかかってきなさいよ。ほらどうしたの？　私を攫(さら)って帰ればパパやママも喜んでくれるんじゃない？　ほら、早く」

などと好き放題煽(あお)られるも、生徒たちは唇を噛むばかりで動けない。……それが何よりの答えだった。

「ほーら、やっぱりね。『監視はしても手は出すな』って釘刺(くぎさ)されてるんでしょ？　そりゃそうよね～。だってあんたらの言う通り、私はみんなから狙われてる。そんな私を万一手に入れたりしたら、当然上位家系が黙っちゃいない。末端の下級一族なんて叩き潰されてすべて奪われるだけ。それでもみすみす私を逃すのは惜しいから、上の犬になって未練がましく監視してるんでしょ？　『もしかしたらおこぼれにあずかれるかも』なーんてさ。あー、なっさけない負け犬ども。コソコソ覗きしかできないんなら、大人しく私のランジェリー姿でも拝んでなさい！　惨めに自慰るぐらいは許してあげるわ!!」

「お、お嬢様、言い過ぎですよ！」

「はあ？　こいつら、あんたを馬鹿にしたのよ?!　この程度じゃ全然足りないわ!!」

徹底的に煽り散らすリリスは、レナの制止さえ聞き入れようとしない。少年を馬鹿にされたことで完全にキレてしまったらしい。

だが、その時だった。

「――ははは、従者君の言う通りだ。図星とはいえその辺にしておいてあげたまえ」

響き渡るキザったらしい笑い声。と同時に暗がりから現れたのは、見覚えのある長髪の男子生徒――入学式前に決闘騒ぎになりかけたあの青年だ。

「あんた、確か入学式の……」

「アーノルド＝ブランドンだ。よく覚えておきたまえ」

慇懃に礼をした青年――アーノルドは、聞いてもないのに滔々と語り始める。

「確かに君の推察通りだ、リリス＝アレイザード。『百血同盟』の中には上位家系を恐れ最初から争奪戦に不参加な家も少なくない。そもそも、アニュエス・ブラッドを用いてまで叶えたい大願を持たぬ家も多いのだ。元をたどれば『百血同盟』は対アレイザードのために結成された魔術同盟、数合わせとして志の低い家門も入れざるを得なかったのさ。同じ魔術師としては実に嘆かわしいことだ」

うざったい長髪をやれやれと振るアーノルドは、それから唐突に声を張り上げた。

「だが、俺の家は違うぞ！　――百血同盟が第四十六席・〝鉄吹雪〟のブランドン一族！我が家は争奪戦に臆しはしない！　アニュエス・ブラッドを捕らえ持ち帰ることが次期当主たる俺の使命だ！」

「へー、かっこいいのね」

と棒読みでリアクションしてあげてから、リリスは嘲るように付け加えた。

「でも一つ忘れてない？　――あんた、とっくに私に負けてるじゃない」

そう、それは入学式前の決闘騒ぎの件。アーノルドが一切反撃しなかったため、決闘未遂としてガルシアは扱っていたが、実態は違う。アーノルドは反撃しなかったのではなく、あまりの力量差に反撃できなかったのだ。当事者であるリリスにはよくわかっている。

そしてアーノルドもまた、それを否定しようとはしなかった。

「ああ、そうだな、確かに前回は後れをとった。それは認めよう」

潔く首肯したアーノルドだが、当然その言葉には続きがある。

「……だが、あの時の俺は片腕を失っていたようなもの。そして今は違う――！」

と、大きく右手を天へ掲げるや、アーノルドは高らかに叫んだ。

「――来い、フレストヘルグ‼」

宵闇に轟く号令。その瞬間、凄まじい暴風が巻き起こる。

轟々と吹きすさぶ嵐の中、呼びかけに応じて舞い降りたのは巨大な影――

「初めてだろう――〝グリフォン〟をその眼で見るのは‼」

グリフォン――獅子の肢体と鷹の翼を持つ獰猛な魔獣であり、制御にはB級以上の魔術師が複数人必要とされる一級指定の危険種だ。それが具体的にどれほどの脅威であるか……その場にいる全員がすぐに知ることになる。

「神代にルーツを持つ空の覇者！　その威光、身を以て知るがいい！」

アーノルドの叫びに応じ、グリフォンが大きく羽ばたく。次の瞬間、巻き起こるは爆発が起きたかと思うほどすさまじい突風。樹々が吹き飛び大地はえぐられ、バルコニーが一瞬で半壊する。監視役の生徒たちも悲鳴をあげて逃げ出した。――ただの羽ばたきがまるで一つの天災さながらだ。

「これで理解したかな？　学園で飼われているような家畜とは違う、本物の魔獣の力を！　そしてその魔獣を従えることができる稀有な血族こそが我ら『魔獣使い』たるブランドン一族！　凡百の『魔物使い』とは役者が違うのだよ！」

右往左往する生徒たちを見下ろしながら、アーノルドは颯爽とグリフォンの背にまたがる。これほどの力を有するグリフォンが、彼にだけは従順に従っているのだ。どうやら口先だけではないらしい。

「そしてアニュエス・ブラッドを手に入れた暁には、我らは魔獣の始祖を……かの神代に生きた伝説の神獣たちを蘇らせる！　ブランドン家は魔獣のみならず全魔術師をも従えるのだ！」

己が野望を高らかに掲げるアーノルド。

そしてもちろん、大願成就のためになすべきことは一つだけ——

「さあ、前回の続きをやろうじゃないか——決闘だ!!」

「ふぅん、ちょっとは楽しめそうじゃない。いいわ、今度こそぶっ潰してあげる!!」

かくして始まる入学式の続き。

グリフォンの巻き起こす暴風と、それを迎え撃つリリスの符術——どちらにとってもプライドのぶつかり合い。それが生半可なものであるはずもなし。両者の攻撃は凄まじい勢いで交錯して…………しかし、どちらにも届かなかった。

その理由は――

「……ちょっとレナ、今いいとこなんだけど？」

爆煙が晴れた後、両者を分かつように立っていたのはレナ。すっかりやる気になっていたリリスは不満顔で睨む。……けれど、今度ばかりはレナにひく気はなかった。

「すみませんお嬢様。ですが……僕の誓いを守らせてはいただけませんか？」

そう言って真っ直ぐに主を見つめ返すレナ。……真摯なその瞳に見据えられたリリスは、仄かに頬を赤らめてそっぽを向いた。

「あんたって時々ずるいわよね。……好きにしなさい」

「はい！」

説得に応じて呪符を収めるリリスと、入れ替わるように魔獣へと対峙するレナ。

それを天から見下ろすアーノルドは、ふんと鼻を鳴らした。

「まずは従者から、か。まあいいだろう。忠節を果たす栄誉をくれてやる」

余裕たっぷりに言い放つアーノルドだが……別に慢心しているわけではなかった。

一見すると虫も殺せぬ優しげな少年に見えるレナ。けれど、その少年が先ほど二つの強

力無比な攻撃を防いだ。その事実を見落とすほどアーノルドは愚かではない。

ゆえに、理解してもいた。彼が一体何をしたのか……それは試せばわかるということを。

「蹂躙しろ、フレストヘルグ!!」

怪鳥の雄たけびと共に、強烈な風の刃が舞い踊る。先ほどの羽ばたきとはレベルが違う、明確な攻性魔術だ。そしてその主は……他でもないグリフォン自身。魔獣に属するグリフォンは独力で魔術が行使可能。それも、『グリフォン』という種のみに引き寄せられる固有幻素によって、人間には使用不可能な術式を操れるのである。

幻素さえも切り裂く不可視の真空波――少年を襲うグリフォン固有の風魔術。当然対抗術式など知っているはずもなく、風の刃は容赦なく少年の首へ迫り………またしてもあっけなく弾かれる。

無論、それはアーノルドにとって望ましい結果ではない。グリフォンの魔術がこんな少年に防がれるなどあってはならないこと。だが、同時に収穫もあった。それは……これまでうまく爆煙で隠されていた少年のネタが、ようやく明らかになったことだ。

「なるほど、それが君の力か。ただ――不格好だな、従者君」

いつの間にかレナの右腕を覆っていたのは、片方だけのガントレット。無論、そのこと自体は特におかしな話ではない。特定の幻素を封じ込めた装備……いわゆる『魔装』を身に着けるのは魔術師にとってよくあることだからだ。

ただ、少年の纏うソレは明らかに異質。なにせそれは——あまりにも『歪』だったのだ。

黄金、聖銀、ミスリル等々……幻素を寄せやすい材質はこの世に多く存在する。だが、彼のガントレットはそのいずれとも違う。というより、金属ですらない。

そう、彼の手甲を形作るのは……ただの土くれ。それも、まるで子供が戯れに捏ねたみたいにでこぼこで、意匠の一つさえ見受けられない。どこからどう見ても出来損ないの失敗作。不格好な土の寄せ集めを纏っているだけなのである。

それを目の当たりにしたアーノルドは……思わずふっと笑いを零した。

数多の魔獣を見て来た彼だからこそわかる真理がある。それは……『強者』とは必ず『美しい』ことだ。まさにグリフォンがそうであるように、洗練された造形には自然と機能美が宿るもの。それは魔獣に限った話ではない。名工が鍛え上げた刀剣や、歴史に残る種々の魔装、傑作と呼ばれる魔術式に至るまで。絶大な力を持つものは例外なく美しさを兼ね備えている。

それに比べて、アレはどうだ？

初撃を防いだことからして、それなりの魔装であることは認めよう。だが、結局は『それなり』どまり。あんな土を寄せ集めただけの不格好な駄作が、一級品で有り得るはずがない。

であれば、やることは簡単だ。

「その無様な守りがいつまで続くか、この俺が試してやろう！」

下されるのは搦め手なしの攻撃命令。そう、あんな出来損ない相手に策略など必要ない。寄せ集めの魔装が壊れるまで叩けばいいだけなのだ。

徹底的に、完膚なきまでに、力の差を知らしめる――四方八方から再びレナを襲う暴風。しかも、そこへさらにアーノルド自身の風魔術まで追加される。一流の魔獣使いとはただ魔獣に戦わせるだけにあらず。魔獣と共に戦うのがブランドン家流。『前回は片腕がなかったようなもの』という言葉は単なる負け惜しみの比喩ではなかったのである。

そして事実、完璧に統制されたその連携にレナは手も足も出なかった。少年にできることといえば、降り注ぐ苛烈な攻撃をひたすら耐え続けることだけ。反撃を試みる余地すらない。あまりにも一方的な戦いだ。

……ただ、一つだけ問題があるとすれば……その『耐えるだけ』というたった一手がいつまで経っても崩せないこと。

「チッ……一体なんなのだ、ソレは……？」

十数分にもわたる猛攻がやんだ後、アーノルドは忌々しげに顔をしかめる。

その視線の先に聳えていたのは……小さな土のドーム。それがぱかりと割れたかと思うと、中から現れたのは傷一つ負っていないレナ。そして崩れたドームは泥状に変化すると、再び少年の右腕に絡みつきガントレットの形になる。——先ほどからずっとこう。いかなる攻撃を繰り出そうと、あのガントレットが様々な防壁に形を変え防いでしまうのだ。

機能美の欠片もない、単なる醜い泥の壁。だというのに、不条理なまでの強度。不可解なまでの可変性。一体どんな魔術で機能しているのかさっぱりわからない。

だが、アーノルドにとって最も理解できないのは、そんなことではなかった。

「なぜだ……なぜ反撃してこない⁉」

アーノルドは決して愚かなわけではない。だからわかる。攻撃が通らない硬度ということは、すなわち攻めに転じれば防御が通じぬ矛になるということ。あれだけの流動性を見るに不可能ではないはず。だというのになぜ守りの一手なのか。

その答えは……とても簡単だった。

「あなたたちを傷つけたくありません。どうかひいてはいただけませんか？」

そう、レナの狙いは最初から引き分けのみ。元より攻撃するつもりなどなかったのだ。

……ただし、その慈悲は罵倒などよりずっと青年の矜持を傷つけた。

「手加減、だと……⁉　この俺を愚弄する気か⁉」

覚悟を以て戦に臨む青年にとって、それは侮辱以外の何物でもない。屈辱に震えるアーノルドだが……彼はすぐにそれ以上に許せないものを目の当たりにすることになる。――少年の背後、今まさに自身の生死がかかった決闘を見守っているはずのリリスが、あろうことか大あくびをかましていたのだ。

「き、貴様っ、この決闘の最中に……!!」

「ふわぁ〜……え、なに？　怒ってんの？　いや、だってさ、フツーに考えてもう見てるだけ無駄でしょ。あんたの攻撃一切通じてないし、一万年続けたって無理よ。だからもう負け認めてくんない？　夜中にこんな塩試合見せられるこっちの身にもなってよね」

と、暇そうに髪の毛をいじりながら提案するリリス。

それは今までのような挑発するための煽りとは違う。ただ素直に、単純に、心の底から飽きているだけなのだ。そして、その事実が一層アーノルドを苛立たせる。

「フレーーース!!　この俺に恥をかかせるなっ!!」

一門の本懐をかけた名誉ある決闘を『塩試合』などと貶されて、どうしておめおめと引き下がれようか。意固地になって突撃命令を繰り返すアーノルド。……だが、少年の創り出す砂の壁は、無慈悲に、無機質に、ただ悉くを弾き返すだけ。まさにリリスの言う通り。このままでは一万年続けたところで砂の牙城は崩せないだろう。

けれど、アーノルドの焦燥がピークに達したその時だった。

「え……?!」

闇雲に振るわれたやぶれかぶれの一撃。それはいつもの如く砂に阻まれたかに見えた。

……が、次の瞬間、鉄壁を誇っていたはずの砂の壁に亀裂が走る。そして——あっけなくぐしゃりと崩れ去ったのだ。

崩壊した壁の向こうでは、無防備なレナがひどく苦しげな表情で立ち尽くしている。

(は、ははは……ついにやったぞ……!!)

そう、考えてみれば当然のことだ。これだけの猛攻を永遠に防ぎ続けられるはずなどない。魔力切れか、何かしらの制約による反動か、いずれにせよとうとうレナは限界を迎えたらしい。あの苦悶の表情が何よりもそれを証明している。

最強の矛と、最強の盾——その根競べは矛たるグリフォンに軍配が上がった。積み重ねた幾百の攻撃は無駄なんかじゃなかったのだ。

「よくやったぞ、フレス! さあ、決着だ!!」

この千載一遇の好機を見逃す手はない。勝鬨をあげながらトドメを命じるアーノルド。

対して少年はといえば、もはや壁を修復する余力もないらしくただ立ち尽くすだけ。

勝った——確信と共に振り上げられた鉤爪は……しかし、レナを切り裂く寸前で停止した。

「ど、どうした、なぜ動かないフレス?!」

間違いなくトドメを刺す好機。だというのに、グリフォンは硬直したまま動かない。

少年は微動だにしていないし、幻素の気配もなかった。攻撃も妨害もされていないはずなのに、一体何が起きているのか。まさか、まだ見ぬ未知の魔術だとでもいうのか——?

だがそれを確かめる暇などあるはずもない。

アーノルドが動揺しているうちに、いつの間にか動き出していたのはレナ。硬直したグリフォンの間合いに易々と侵入すると、その手をすっと伸ばして——

「——ごめんなさい、痛かったですよね?」

少年の口から零れたのは、心からの謝罪の言葉。しかも、それを投げかける相手はアーノルドではなく、彼が使役するグリフォンの方。

「ああ、こんなに傷ついて……」

痛ましげに囁きながら、少年は伸ばした手でグリフォンの鉤爪に触れる。労わるように撫でるその爪には、度重なる攻撃の反動でついた無数の傷が。……あれだけ無茶な攻勢を繰り返したのだ、相応の代償を負うのは当然のこと。その傷をレナはまるで自分が受けたもののかのように沈鬱な面持ちで見つめている。

その瞬間、アーノルドは気づいた。防壁は破られたのではない——少年が自ら解除したのだ。これ以上グリフォンが傷つかぬように、と。

「あ、ありえん……敵の魔獣に同情だと……？　なんなんだお前は……?!」

あまりにも理解しがたい行為に、アーノルドは慄くように問う。何もかもが彼の理解の範疇を超えている。

けれど、返ってきたのは答えではなく、小さな……しかし、これまでで一番はっきりとした問いかけだった。

「気にするのは、僕のことですか？」

「は……？」

「あなたなら知っているはずです。誇り高き蒼天の狩人にとって、獲物を狩る爪がどれだけ大切なものか。それをこんなに傷つけてまでこの子はあなたに尽くしている。どうか見てあげてください。僕やお嬢様ではなく、誰よりあなたを大切に思っている彼女のことを」

静かに諭す少年の言葉。それが真実であることは、アーノルドだからこそよく知っている。人間並みの知性を持つグリフォンにとって、鉤爪とは単なる狩猟用の武器ではない。彼らの種を象徴する誇りそのものなのだ。

……しかし、わかってはいても簡単に敵の言葉に頷けるはずもない。

「ふ、ふん、知ったような口を利(き)くな！　ブランドン家に仕える魔獣として戦うのは当然の義務だろう！　そして次期当主たる俺にもまた、アニュエス・ブラッドを捕らえる責務が——」

とアーノルドは理屈(りくつ)を並べ立てる。

だが、少年の瞳はそれを許さなかった。

「あなたは、何を焦(あせ)っているのですか？」

再び問うその声音(こわね)には、責めるような響きはない。むしろ、心から案じているからこその言葉だ。にもかかわらず、その瞳が無性(むしょう)に怖くて目をそらしてしまうアーノルド。

そんな青年に、レナは優(やさ)しく告げた。

「大丈夫(だいじょうぶ)ですよ、どうか焦らないで。あなたならわかっているでしょう？　グリフォンは自由と尊厳を誉(ほまれ)とする狩人です。そんな彼女があなたに従っているのは、あなたを自らと同じ誇り高き主と認めているからに他ならない。——だからこそ、あなたも自分を誇るべきだ。家柄(いえがら)などではなく、自分自身の高潔な魂(たましい)を。どうか胸を張って、自分を認めてあげてください。彼女がそう望んでいるように」

少年が囁くのは、アーノルド自身を肯定(こうてい)する言葉。そこには微塵の嘘も誤魔化(ごまか)しも含(ふく)まれてはいない。

──ああ、そういうことか。

そこでようやくアーノルドは理解した。あの時、なぜグリフォンが手を止めたのか。それは未知の魔術なんかじゃない。自分たちを想い防御を解いた少年を殺す、などという不名誉を主に背負わせたくなかったのだ。

だとしたら──アーノルドにはもう、次の命令を下すことなどできなかった。

「……下がれフレス。我々の……いや、俺の負けだ」

自らそれを認めた瞬間、アーノルドの右手に小さな紋様が浮かぶ。……決闘の敗者を示す刻印である。

そして、それが決着の証でもあった。

「──あ、やっと終わった？　危なく寝落ちするところだったわ～」

とあくび混じりに割り込んできたのはリリス。

そう、忘れてはならない。あくまでレナは代行として戦っただけで、元々これは彼女とアーノルドの決闘。当然のことながら、敗者には勝者に従う義務が発生する。そしてこれまた当然のことながら……レナと違って、リリスには敗者を思いやるつもりなどこれっぽっちもない。ゆえに、リリスは容赦なく要求を突きつけるのだった。

「じゃあ命令ね──あんたのカリス、寄こしなさい。もちろん持ってるわよね？」

一学年において最初の監督生たちを任命するのは、学園理事会たる『百血同盟』の権限。つまり、最初の二十人は同盟に加入している百家門の子息から選ばれることになる。アーノルドがブランドン家の子であるというのなら、彼もまたカリスを所持しているはず——リリスのその読みは、事実正しかった。

「……いいだろう、持っていけ」

元より敗者に拒否権はない。アーノルドが大人しくカリスを差し出すと、リリスは遠慮なくそれを奪い取った。

「ふふん、まずは一つ目ね。この調子なら学園制覇もちょろそうだわ」

掌で煌めくバッジを眺め、上機嫌に笑うリリス。呟く大望に対する恐れなど微塵も抱いてはいないらしい。

そんな彼女へアーノルドは思わず問う。

「……お前、本気で『百血同盟』を打倒するつもりでいるのか？」

「当たり前でしょ、そのためにコレ集めてんじゃない。『百血学生評議会』じゃ持ってるカリスがそのまま投票権になる。なら、過半数集めれば合法的に下院を掌握できるでしょ？」

さも当然とばかりの答えが返ってくるが、アーノルドが言っているのはそういうことではなかった。

「『百血同盟』は今や国そのもの！　それを敵に回すなど愚かだと言っているのだ!!」

かつてアレイザードが君臨していた地位には、そっくりそのまま『百血同盟』が収まっている。つまり、『百血同盟』は事実上政府と同義。そんな彼らに喧嘩を売るということは……この国すべてを敵に回すと宣言しているようなものなのだ。

だが、リリスの答えには微塵の迷いもなかった。

「ああ、そんなこと？　誰が敵でも問題ないわ。だって……私のレナは絶対負けないから」

国家に挑もうとする女の顔に浮かぶのは、揺るぐことなき絶対の自信。……彼女は信じているのだ。敵対者に攻撃すらできない善良すぎるあの少年が、世界全部を敵に回しても彼女を守れると。

まるで御伽噺を信じて疑わぬ童女だ――アーノルドの眼には、それが哀れな妄信にしか見えない。だが、彼はもう何も言わなかった。敗者に口を挟む権利などないのだから。

「……さあ、帰るぞフレス」

そうしてグリフォンと共に飛び去るアーノルド。

その背が闇夜に消えたところで、リリスは改めて大きく伸びをした。

「――ん～～～、終わった終わったー。カリスも手に入れたことだし、これで良い夢が見られそうね。ってことで、さっさと寝なおしましょ」

欲を言えばあの監視役たちのカリスも奪いたかったのだが……戦闘開始早々逃げてしまったのだから仕方がない。それに、あの程度の雑魚相手ならいつだって奪い取れる。というわけで今は寝るのが先決。夜更かしは乙女の大敵なのだ。

だが、振り返った先の少年は……なぜだかしょんぼりと肩を落としていた。

「ちょっと、どうしたの？　勝ったんだからもっと喜びなさいよ」

いつもならどんな状況でもにこにこしているのに、何か気がかりでもあるのだろうか。

心配になって尋ねると、レナは寂しげに首を横に振った。

「勝ち負けなんてどうでもいいんです。僕はただ……皆さんと仲良くなりたかったのですが……」

「え……ちょ、ちょっと待って。あんたまさか、本気でお茶会やるつもりだったわけ？　てっきり煽ってんのかと思ってたわ」

「『友人を作るために、お茶会を開くのは素敵な手段である』……そう本に書いてありましたから。……僕がもっとおいしい紅茶を淹れられていたら、仲良くなれたかもしれないのに……」

と、砕けた茶会セットを片付けながら悲しげに呟くレナ。……少年は本気で信じていたのだ。みんなで仲良くお茶会ができると。

その呆れたお人好し加減にリリスは大きく溜息をつく。そして地面に転がるティーカップを拾い上げると……すっかり冷めて砂が混じったその紅茶を、ためらいもなく飲み干した。

「そうね、確かに。もうちょっと砂糖は控えめの方がいいかも。次は頑張んなさい。……さ、早く片付けて寝なおしましょう」

彼らとの友情なんて、リリスはこれっぽっちも求めていないし信じてもいない。……だけど、それを信じる少年の心まで否定しようとは思わない。その愚かさまで含めて彼女が愛するレナという人間なのだから。

そしてレナもまた、そんな主が大好きなのだった。

「はいっ、お嬢様！」


――――……

――……

第二学園寮――『アストラ』。

名門魔術師家系の子息専用と言われるこの寮は、スピカ寮のような寄宿舎型の集合住宅ではなく、個々人の住まいが独立した戸建てタイプの寮になっている。しかも、その一軒一軒が豪邸並みの広さであり、生徒の好みに合わせて研究用スペースや魔獣飼育用スペースなども完備されているという。まさに貴族のお坊ちゃん向けの寮だ。

――そんなアストラ寮の一画に、アーノルドの姿があった。

帰寮したばかりの青年は、灯りもつけずに暗い部屋に座り込む。

一度ならず二度までもアニュエス・ブラッドに敗れた。しかも、今回は監督生の証であるカリスまでも奪われてしまった。なんという失態だろうか。己の不甲斐なさに唇を噛むアーノルド。……すると、その肩に柔らかな羽の感触が。見れば、グリフォンが心配そうに身を擦り寄せている。

「……慰めてくれるのか、フレス？　すまない、本当によくやってくれた。今回は主である俺の責任だ。さあ、お前も疲れただろう、部屋へ戻れ」

案じてくれる相棒を寝床へ連れて行った後、アーノルドもまたベッドへ向かう。

ブランドン家の名誉にかけてカリスは必ず取り戻す。だが、今日はあまりにも疲れた。

相棒にこれ以上の心配をかけないためにも、今夜は休んでまた明日から――

と、瞼を閉じかけたその時だった。

　コンコン——と窓を叩く音。ハッとしてそちらを見れば、外では蝙蝠型の魔獣が羽ばたいている。ブランドン家に伝わる伝影獣だ。急いで窓を開けると、伝影獣は当然のような顔で部屋の中へ。そして嘴を開いたかと思うと……そこから聞こえて来たのは激しい叱咤の声だった。

『——何をもたもたしているの、アーノルド!?　アニュエス・ブラッド確保はどうなっている!?』

　響き渡るヒステリックな金切り声——その主はブランドン家の現当主であり、アーノルドの実母でもあるヴァネッサ＝ブランドン。

　それを聞いてかしこまったアーノルドは、束の間の逡巡の後、苦々しげに答えた。

「……す、すみません……失敗しました……それから……カリスも奪われて……」

　と、今夜の出来事を正直に報告するアーノルド。

　すると、返ってきたのは当然の失望だった。

『この馬鹿者が！　ああ、やはりお前を学園にやるべきではなかったわね！　お前の弟妹たちはみな優秀に育ったというのに……この出来損ないめ！』

　投げかけられる叱責と罵倒。口にするのも憚られる罵詈雑言の嵐は、到底我が子に対するものとは思えない。……だが、それはある意味で当然だった。

『百血同盟』に所属する両親にとって、アウレオルス学園に子息を通わせるということはすなわち自らの分身を下院に送り込むのと同義。子の在学期間中は上院においても家の影響力が増すのだ。だというのに、カリスを奪われてはすべてが台無し。しかも、当然この失敗は『百血同盟』中に知れ渡る。そんなものまるで、ブランドン家の血が……自分たちの血が劣っていると吹聴するようなものではないか。とんだ恥さらしである。

魔術師にとっての子とは、血を受け継ぎ家を繁栄させるための道具。それが不利益を産むと言うのなら、この程度の罵倒は至極当然の罰だろう。……ゆえに、アーノルドは吐き捨てられる罵詈雑言をひたすら俯いて耐え忍ぶ。

そうして数十分にも及ぶ叱責の末……

『いいわね、必ずカリスを取り戻し、アニュエス・ブラッドを持ち帰るのよ！』

ようやく聞こえた締めくくりの言葉。アーノルドは内心ほっと嘆息する。……だが、その安堵はすぐに消し飛ぶことになった。

『――そのために、アレを使いなさい』

重々しく命じられる一言……それが何を示すかに気づいた瞬間、アーノルドは動揺をあらわにする。

「……っ!?　お、お待ちください母上！　あんなものは誇り高き我が一族にはふさわしくな……」

『母の命が聞けぬと？　どうやらお前には少し調教が必要なようね。……あの頃のように』

「っ……」

『優れた魔獣を作るのは優れた調教から』――ブランドン家に数多ある家訓の一つだ。どんなに優れた血統の獣であろうと、教育に失敗すれば愚鈍な家畜に成り下がる。ゆえに幼い頃から骨身に刻み込まなければならない。その教えを理解している父母は忠実にそれを実行したのだ。――そう、自分たちの子供に対しても。

……かつて受けた折檻と教育の日々。骨身に刻まれたその記憶は、誇りなど容易く押し潰した。

「……は、はい……仰せの通りに……」

跪くアーノルドを残し、伝影獣は飛び去って行く。

その羽音が彼方に消えた後、アーノルドは静かに立ち上がった。その足取りは重く、されど受けた命には抗い得ず。体を引きずるようにして向かう先は部屋の隅。その壁の一画に特殊な紋様を描くと、すぐさま隠し部屋への扉が開く。……魔術師用の寮であれば、当然この程度の機能はあるのだ。

そうして足を踏み入れた隠し部屋。魔術用素材の保管庫らしきその一室にて、向かうは一番奥の封印された書棚。そこから取り出されたのは……ブランドン家に代々伝わる禁術書だ。それにじっくりと目を通した後、アーノルドは必要な材料を集め始めた。

数十種類の薬草に、厳選した希少幻素、幾つかの魔導鉱石を粉末にし慎重に秤で計量した後は、氷結魔法で保存されていた生体素材を見繕う。それから選りすぐりの魔獣を引き連れたアーノルドは、保管庫の隅にある扉へ手をかけた。その先に広がっていたのは……打って変わって何もない真っ白な部屋。――魔術師ならば必ず所有している儀式場である。

その聖域の中心にて、床一面に描き出すは特殊な魔法陣。黒炭にて記す九つの環には、木の根、虫の殻、鼠の死骸、蛇の皮、鴉の羽、猫の胴体、犬の前肢、狼の眼球、獅子の首をそれぞれ配置する。それらが連なり示すのは喰い喰われる生態系の縮図。そして食物連鎖の頂たる十番目の大円には、連れて来た魔獣たちを閉じ込める。

これで準備は整った。

儀式を始めんとする青年の鼓動は乱れ、体は隠しようもなく震えている。それでも深呼吸を繰り返し強引に心身を落ち着かせたアーノルドは……意を決して最後の紋様を書き加える。

その途端、溢れ出る無数の幻素。『儀式』と『供物』というカタチに引き寄せられ、幻象界より数千もの幻素が集まって来たのだ。それらの権能はただ一つ――命を歪めること。

『――vrtr - vrtr - corus - crcl. vrtr - vrtr - almus - nxm. mndcr - vrtr - lcrm - vrtr - lcn - vrtr, dntm - vrtr - fis - vrtr - crn - vrtr ――』

一つ一つ正確に発音しながら、脳内で決められた紋様を思考する。この魔術は頭の中のイメージさえも必要なカタチの一つ。決められたタイミングで決められた紋様を想像できていなければ、幻素はたちまち制御を失い術者の脳ごと術式を破壊するだろう。湧き上がる恐怖を押し殺し、アーノルドは必死で言葉を紡ぐ。

そうしてきっかり二分と十七秒後。永遠にも思える四十三節の詠唱を終えると同時に、十番目のサークルへ無数の幻素がなだれ込む。それらはぐちゃぐちゃに魔獣たちと混ざり合い、次第に一つの新しい命を模っていく。

そして――

『――mnds - fi n - rgnbt - bst, edhivos - ord - nmn - dntm ――!!』

最後の一節を叫んだ瞬間、ほとばしるは晦冥よりもなお昏い濃密な闇。それは瞬く間に儀式場を塗り潰し、束の間、アーノルドの全感覚が遮断される。

何も見えない、何も聞こえない、何も感じられない。一分とも、一時間とも思える凍り付いたような停滞の後……不意に闇が晴れる。

そこに、ソレはいた。

雄獅子の頭、山羊の胴体、毒蛇の尾に蝙蝠の羽――おぞましきその異形の名は、〝キマイラ〟。無数の幻素と魔獣を凝縮して生み出された、ブランドン家が誇る最凶の生物兵器である。……そう、アーノルドは見事秘術を成功させたのだ。

「……は、はは……やった、やったぞ……！」

錬成した強大な獣を前にして、思わず零れる笑い声。

歴代当主でも一握りしか成功しなかったキマイラの使役……それを見事に成し遂げたのだ。無論、この生物兵器は生態系に属さぬ作られた最強種。すなわち、魔獣ではなくただの魔物だ。それは本来ならばアーノルドの矜持に反するもの。

だが、それがどうした？　絶対的力に酔いしれるアーノルドにはもうそんなことどうでもよかった。だってこの世は、強者こそが正義なのだから。

「ふふふ、待っていろアニュエス・ブラッド！　今度こそ俺の前に跪かせてやる……！」

キマイラさえいれば憎きあの女も敵ではない。高笑いを堪えながら報復へ向かおうとしたアーノルドは……途中でふと足を止めた。

「……ん？　何をしている、さっさとついて来い！」

振り返って命じる先は生成したばかりのキマイラ。儀式に成功した時点でキマイラの全機能は掌握している。本来なら命令せずとも主の意思に従うはず……なのだが、キマイラはなぜか一歩も動かない。というか、まるで死んでいるかのように微動だにしないのだ。

怪訝な顔で一歩近づくアーノルド。そこで彼はようやく気づく。それが『まるで』なんて比喩ではなかったことに。

「――え…………死ん、でる……？」

状態を確かめようと軽く触れた途端、ばたりと倒れ伏すキマイラ。力なく床に伸びたきりぴくりとも動かない。だがそれも当然――キマイラは既に事切れていたのだから。

「え？　え？　え？」

アーノルドはただ呆けたように瞬きを繰り返す。

なんだ、これは？

儀式は確かに成功した。現に自分は死んでいないし、キマイラだってこうして現れた。だというのに、中身だけがない。こんな結果は前代未聞。一体何が起きているというのか――？

と、狼狽えていたその時だった。

『――やあやあどうもお坊ちゃん、本日は大変良いお日柄ですなあ～』

背後から響く能天気な挨拶。

何の脈絡もなく聞こえてきたその声にハッと振り返るも、当然そこには誰もいない。

空耳？　……いや、違う――

『――こっちでさあ坊ちゃん。ほら、ここ、ここ、あなたの足元ですって』

その囁きに従って、ようやく見つけた声の主。……だがそれを見た瞬間、アーノルドは我が目を疑う。なぜなら声の出所は――儀式に使用したネズミの死骸だったのだ。

「な、なんだ、これ……?!」

死骸から聞こえる声に思わず慄くアーノルド。何かしらの幻素の影響でこうなったのだろうか？　だが死骸を喋らせる幻素など聞いたこともない。それとも、最初からこのネズミに何か……と考えたところで、すぐに思考を放棄する。

そうだ、今は原因などどうでもいい。こういう不測の事態が起きた場合、魔術師が取るべき行動は一つだけ――

「『ウィル‐シュテリア‐エア』――!!」

三節の詠唱から放たれるは風塵の槍。逆巻く真空の矛は正確無比にネズミを捉え――当然の如くバラバラに切り刻んだ。無論、もう声が聞こえることはない。

「……な、なんだったんだ……？」

再び訪れる静寂。

声の発生源だったネズミは完全にコマ切れになっている。喋るどころかぴくりとも動かない。……正直、未だに正体はわからないが……なんにせよ終わった。不気味な後味に顔をしかめつつも、ふうと息をつくアーノルド。

……が。

『──ひでえなあ坊ちゃん、いきなりみじん切りだなんて。おいら死んじまったじゃねえですか～』

「っ⁉」

再び聞こえてくるあの《声》。今度の発生源は同じく儀式で用いたネコの死骸だ。先ほど同様、動いているわけではないが、紛れもなく死骸の中から声がする。

一体コレは何なのか──困惑に動けないでいる間にも、《声》のお喋りは止まらない。

『命の大事さがわかってねえっすねえ。おいらちょっとお話したいだけなんですよ～。ラブアンドピースってね。つってもまあ、ウンウン、わかりますよ～。なんせおいら、こんなナリですから。信用いただけないのも無理はございやせん』

などと白々しい共感を示しつつ、《声》はペラペラと話し続ける。

『とはいえですね、やっぱりこのままってのもお互いのためにゃなりやせん。どうにか信用して欲しいのですが……ああ困った困った。こういう時ニンゲンってのはどうするんでしたっけ？』

と悩むフリをした後、《声》は「ああ、そうか！」と思いついたように提案した。

『まずは自己紹介からですよね！』

どんな対話だろうが、まずは互いに名乗り合うところから——社会的動物である人間にとって、それは万国共通のコミュニケーションの出発点。なので《声》が言っていることは何もおかしくはない。……そう、あくまで『人間同士』であったならば。

動揺で呆けていたアーノルドもまた、遅ればせながらそれに気づいたようだ。

「自己、紹介……………え？　お、お前……あるのか……？　な、名前……？」

『ええ、もちろん』

と、《声》は当然のように肯定する。それがあまりに自然すぎたため、アーノルドは数秒ほどぽかんと口を開け……そしてようやく理解した。

人ならざるナニカが、名前を持っていること——それが示す重大な意味に。

「ね、ね、ね————ネームド……？!!」

『忌名持ち』——ウツロの世界たる幻象界の存在でありながら、人間と同じ自我と知性を持つ異質な精神体。悪魔と呼ばれし災厄の化身が、今、目の前にいる。

その瞬間、全身の毛が逆立った。

「ひ、ひぃっ……！」

《声》の正体に気づいたアーノルドは、一も二もなく踵を返す。

『名乗りを聞いたら迷わず逃げろ』――その教訓を今こそ活かす時。とにかく逃げて教官たちに報告しなければ。

……だが、その背中を追いかけるように声がした。

『おやおや、いきなりサヨナラですか？　まあおいらは別にいいんですけど……坊ちゃんはそれで大丈夫なんですかねえ？』

脅すでも引き留めるでもなく、なぜかアーノルドの身を心配する台詞。その奇妙さについ立ち止まった青年へ、《声》はなだめるように囁きかける。

『ねえ坊ちゃん、よーく考えてごらんなせえよ。人間ってのはおいらみたいなのを忌み嫌ってるんでしょう？　なら、そんなおいらを呼び出しちまったとあれば、坊ちゃんだってタダじゃすまないんじゃありやせんか？』

探るようなその問いかけは、しかし、事実として正しかった。

悪魔とは人類種にとっての厄災。たとえ故意ではなかったとしても、そんなものを召喚したとなれば許されるはずがない。よくて退学処分。悪くすれば逮捕。最悪の場合、ブランドン家自体が取り潰しになる可能性だってある。……いずれにせよ、報告すればアーノルドは間違いなく破滅するということ。

その事実に気づいてしまった瞬間、青年の足はぴたりと止まる。だが、この破滅を回避するには一体どうすれば……？

追いつめられた青年の耳に、またしてもあの《声》が囁きかける。

『そんなに青い顔しなくたって大丈夫ですよ。坊ちゃんにはおいらがついてますから』

「う、うるさい、黙れ……！　元はといえばお前が出てくるから！　クソッ、なんでよりによって俺のところに……」

『なんでって……いやいや、さっきから言ってるじゃありやせんか。お話がしたいんですって。おいらと坊ちゃん、両方が幸せになれるいい話をね』

「……いい、話……？」

『ええ、そうでさあ。そもそも、坊ちゃんだって叶えたい望みがあるからこんな儀式をしたんでしょう？　なら、おいらにもお手伝いさせてくだせえよ。なあに、警戒しなくたって平気でさあ。おいらが信用できないとなれば、さっきみたく刻んじまえばいい。でしょう？』

そうだ、結局こいつはお喋りだけ。その気になればどうとでもできる。なら……報告するにしろ、殺すにしろ、話を聞いてからでも遅くはないかもしれない。

「……わ、わかった、話を聞かせろ」

望み通りのその返答に、《声》は嬉しそうに笑うのだった。

『ええ、おいらに万事おまかせください……！』

第三章 ✲ ──サリア＝ヴァレンシュタイン──

深夜のお茶会から一週間が過ぎた。

あの場で実力を見せつけたお陰か、あれ以来監視役の生徒たちからの干渉はなく、直接的に接触してくる輩もいない。レナにとっては望んでいた通りの、至って平穏な学園生活が進行している。

……ただし。

「それでは、いただきます」

「……いただくわ」

「ん。いただく！」

朝日が差し込むリリスの居室にて。いつものように食卓を囲む三人の姿。

せっせと人数分のパンにバターを塗るレナ。

ご機嫌斜めにサラダにフォークを突き刺すリリス。

そして、うきうきで目玉焼きを頬張っているのは……

「ちょっと、なんであんたが私の部屋にいんのよ！」

「ん？」

とリリスがツッコミを入れる相手は、なぜか当然のような顔で食卓についているサリア＝ヴァレンシュタイン。マイフォークやマイエプロンまで装備しているあたり、まるで我が家のようなくつろぎっぷりである。

ちなみに、その理由とは——

「リリス、かんしちゅう」

とのこと。

そう、恐れをなして逃げたあの生徒たちとは違い、唯一サリアだけが監視を続けているのだ。……と、まあ建前としてはそうなっているのだが……

「いや距離感！　監視対象と食卓囲む馬鹿がいてたまるかってのよ！　しかも、最近ずっとじゃない！」

実のところ、こうして一緒に過ごすのは今日に限った話ではない。朝食から始まり学園での授業やランチ、帰宅後の夕食や最近ではシャワーまで。サリアはずっとリリスに引っ付いているのだ。傍から見ればただの親友である。

そんなリリスのツッコミを、横から『まあまあ』とレナがなだめる。

「いいじゃないですか、お嬢様(じょうさま)。ごはんは大勢で食べた方がおいしいですよ。……はい、どうぞサリアさん。お魚の小骨を取っておきましたよ」

「ん。ありがと」

「わあ、きちんとお礼が言えるなんて！　サリアさんはとってもえらいですね！」

「んふふふ」

「ぐぬぬ……わ、私だってお礼ぐらい言えるんだから……！」

他人の世話が大好きなレナとしては、お世話しがいのある相手が増えて嬉しいらしい。

もっとも、それが気に入らないのだろう。リリスはムスっと頰(ほお)を膨(ふく)らませたまま問う。

「だいたい、あんたは平気なわけ？　私のこと学園から追い出したいぐらい気にくわないんでしょ？　そんなのと一緒とか私なら絶対ごめんだわ」

他の生徒とは違い、サリアが求めるのは『生贄(いけにえ)』ではなく『退学』。よく考えると変な話ではあるが、どちらにせよ嫌っていることは確かだろう。……と思い込んでいたのだが、どうやらそうではないらしい。

「？　リリス、きらいじゃないよ？」

「……へ？」

予想もしなかった言葉に、思わず間の抜(ぬ)けた声が出る。

そこへさらに容赦ない追撃が。

「リリス、かわいい」

「え」

「リリス、いいにおい」

「ちょ」

「リリス、ふわふわ」

「ま、待って……」

「リリス、すき」

「な、なんなのよぉ〜！」

よく懐いた子猫の如く、すりすりと頬を寄せてくるサリア。困惑するリリスだが……その表情はまんざらでもなさげに緩んでいる。……実際、サリアは超がつくほどの美少女だ。そんな彼女にこうも素直に好意を向けられれば、同性といえど悪い気がするはずもない。

そうしてサリアは畳みかけるようにおねだりした。

「だからリリス、たいがくして？」

「いや、なんなのよマジで！」

我に返ったリリスは、ぽいっとサリアを放り投げる。どんなに可愛く懐いていたって、やっぱり敵は敵である。

「ったく、『好き』だの『退学しろ』だの、あんたの情緒はどうなってんのよ！」

実際、サリアがリリスへ敵対行為を取ったことはない。ただ退学を要求してくるだけで、それ以外は本当に懐いている様子。だからこそ、余計彼女の本心が読めないのだ。

けれど、それを問いかけるとサリアは決まって口の前でバッテンを作るだけ。『理由は言えない』ということらしい。

「まあまあ、サリアさんにも事情があるんですよね？」

「ん」

なんてレナが甘やかすせいで、いつも問い詰めきれないのだ。

「ふん、まあ別にいいけど。あんたが何を企んでようが、実行に移した時に叩き潰すだけだしね。せいぜい頑張んなさい」

元より周囲は敵だらけ。その計略をわざわざ一つ一つ挫いて回るなんて手間、面倒くさくてやっていられるか。だから彼女は逃げも隠れもしない。堂々と鎮座し、敵が挑んでくればそこで叩き潰す。こちらから出向いてやるほど暇ではないのである。

なんて、大人の余裕をかますリリス。

……が、それは束の間。

「さあ、サリアさん、遠慮なくおかわりしてくださいね」

「ん。ありがと。レナ、かわいい。レナ、いいにおい。レナ、ごはんくれる。レナ、だいすき！」

「なっ！」

「ふふふ、それは光栄です」

「んななっ!!」

喉を鳴らしてすり寄るサリアと、微笑んでその頭をなでなでするレナ。

その様子を見たリリスは、先ほどの余裕をかなぐり捨てて叫ぶのだった。

「や、やっぱあんた出て行きなさいっ!!」

――――……

――……

「――本日より、対人実技を始める――」

ガルシア教官のその一言で、教室がにわかに沸き立った。

　今回で第十八回目となる『基礎魔術実技』の講義。これまでは淡々と幻素の扱い方を学んできたが、いよいよ次のステップへと進むことになったらしい。それが『対人実技』――いわゆる魔術戦である。そして、それを聞いた生徒たちは……全員揃ってわくわくと顔を輝かせていた。

『グレイウィザード物語』『魔術師イヴァンの冒険譚』『フラメル＝ドーンの伝説』――魔術学園に通う身であれば、誰しも一度は大魔術師の冒険活劇に胸を躍らせた経験がある。それらの醍醐味といえば何と言ってもド派手な魔術戦だ。無論、人を傷つけたいなんて野蛮な願望があるわけではないが……やはりカッコイイ戦闘魔術こそ魔法の花形。多少の憧れはあって当然だろう。皆がソワソワするのも無理からぬこと。

　そんな浮ついた空気を感じ取ったのか、ガルシアは先んじて釘を刺す。

「こほん……念のため確認しておくが、本講義における対人実技の主旨はあくまで『D級魔術師資格』取得に必要な戦闘技能の習得にある。よって、まかり間違っても英雄ごっこのための訓練ではない。戦闘技能はその際にも役に立つはずだ。また、先日通達した通り二週間後にはダンジョン実習も迫っている。以上のことを念頭に、くれぐれも気を抜かず、かつ、はしゃぎすぎないよう訓練に臨むように」

　と丁寧に忠告するも、生徒たちは『はーい』と元気に空返事。どうやら完全に上の空らしい。……ガルシアは小さく溜息をついた。

「……では、まずは対人実技のやり方について実演形式で説明しよう。誰か、相手を頼む」

と諦めて話を進めた途端、高揚していたはずの教室がなぜかぴたりと凍り付いた。

「……ん？　どうした、誰かいないか？　教室には保護魔法がかけられている。怪我の心配はないぞ？」

と補足されても、相変わらず生徒たちの間に流れる微妙な空気。普段の授業なら何人かは率先して手を挙げるはずが、今はみな下を向いている。指名されたくない感ありありだ。

「そ、そんなに私の相手は嫌か……？」

この反応を見て、少ししょんぼり気味になってしまうガルシア教官。さすがに見ていられないとばかりに生徒たちは慌てて弁明した。

『そ、そういうわけではないのですが……』

『ただ、その、先生って……』

『「ネクロマンサー」なんですよね……？』

『オスロア戦役の英雄』と呼ばれるガルシアだが、生徒たちはもう一つの噂も知っている。死霊を操るヴァレンシュタイン家は、代々ネクロマンサー――すなわち、死者を蘇らせて戦う死体傀儡師の家系である、と。

それを聞いて、ガルシアは生徒たちが及び腰になっている理由を察したらしい。

「なるほど、確かに死体と戦わされるのは気が進まぬだろうな。……ただ、安心して欲しい。死体傀儡師は勝手につけられた異名であって実態ではない」

『え……そうなんですか？』

「ああ。私の血筋はネクロノフィリア——『死者の行動を再演する』幻素との相性がいいだけだ。要は『故人の能力を借りられる』と表現するのが適当だろう。だから死体を操ったりはしないし、死者を蘇らせたりもしない」

そう説明したガルシアは、

「そもそも、諸君らも知っての通り死者蘇生は『不可能真理』の一つだからな」

とさも常識のように付け加える。すると、生徒たちはきょとんと顔を見合わせた。『知っての通り』とか言われても、そんなこと初耳なのだ。

その反応を見たガルシアは、逆に怪訝な顔で問うた。

「……？　履修範囲としては既に魔術史の講義でやっているはずだが？　魔導師ホーエンハイムが提唱した七つの『不可能真理』についてだ」

と思い出させようとするも、退屈な歴史の授業を眠らずに聞いている生徒などいるはずもなし。嘆かわしい学習態度の実態を垣間見てしまったガルシアは、はあ、と溜息をついた。

「同じ教員として、ヘデロ教官には心から同情する。……では、もののついでだ。おさらいをしておこう」

　そうして魔術史の補習が始まるのだった。

「死者蘇生を語るにあたり、まずは広義の『不死』について理解しなければならない。実のところ、『不死の呪法』というものは既に数多く存在している。肉体の変質や魂の移植、意識の固定化……様々な理論や方法論が編み出され、いずれのアプローチでも不死化の成功例は確認されている。実際、名のある魔術師の多くは何らかの方策で寿命や病を克服していた。これは魔術師界にとっては周知の事実である。……が、今の例はすべて死の拒絶であって死からの蘇生ではない。後者を果たした者は未だかつて存在していないのだ。あの魔導王アレイザードでさえもな」

　あらゆる魔術を極めたアレイザードがなしえなかった――その事実は何よりも説得力を持っている。

「そもそも死の定義とは何か。それは肉体から魂が離れ幻象界へ回帰することだ。であれば――と多くの魔術師たちはこう考えた。離れた魂を幻象界から引き戻せば、あるいは、全く同質の幻素を抽出できれば、それこそが死からの蘇生になるのではないか、と。そして定義上、それは疑いようもなく正しい。さらに言えば、魂と同質の幻素を召喚すること自体も決して困難な技術ではない。そう、理論的にも手法的にも『死者蘇生』は『死の拒絶』よりもずっと簡単なのだ」

　元来魔術師とは、己が望む幻素を幻象界から呼び出すことを生業（なりわい）とする者たち。であれば、観測した魂と同質のものを呼び寄せることも不可能ではないのだろう。

　ということは、死者蘇生など容易く実現できるのでは？　と皆の頭に浮（う）かぶ疑問を、ガルシアは正面から否定した。

「……だが、できない。完璧（かんぺき）にサルベージした魂と、完璧に保存した遺体。その二つを揃えてもなぜか死者が目覚めることはない。理論も方法も間違ってはいないはずなのに、どうしても結果だけが伴（ともな）わないのだ。この齟齬（そご）を解消するため、多くの高名な魔術師たちが生涯（しょうがい）を捧（ささ）げて死者蘇生の呪法を研究した。だが、誰一人（だれひとり）その解明に至った者はいない。わかったことと言えば一つ——一度『死』というプロセスを経た魂は、決して元の肉体に結び付くことはない、ということだけなのだ。……すまんな、面白（おもしろ）みのない結論で」

　あらゆる仮説や理論をねじ伏（ふ）せる、実験による実証。そこから導き出された帰結は『ただ不可能だから不可能である』ことのみ。理論に不備があるだとか、技術的に困難だとかの方がまだ救いがある。なんでも可能に思える魔術という分野においても、結局は『結果』

という現実を叩きつけられればそれまでなのである。

「……というわけで、ネクロマンサーからの忠告だ。無意味な空想を追い求め貴重な生を浪費することのないように。今やるべきことにしっかり集中しなさい」

と、うまいことお説教につなげたところで補習はおしまい。

本筋である対人実技の流れや作法、教室に付与された保護術式を確認した後は、いよいよ生徒たちの実習タイムへ。

「では二人一組に。最初は条件や制限はつけない。使用術式も自由だ。ただし、勝敗よりもまずは戦闘という特殊環境下における自分自身を知りなさい。何を考え、何を考えられないか。どう動き、どう動けないのか。すべてはそれを理解することからだ。……では、始め」

そうして幕を開ける実技訓練。二人一組ということならば、もちろんリリスのペアは決まっている。

……かと思いきや――

「はー、やっと説明終わり？　さあレナ、適当に流して…………あれ？」

振り返った先、いつもくっついているはずのレナがいない。

慌てて辺りを見回せば……

『──レナ君、組もう！』

『──レナ、俺とやろうぜ！』

『──私とだよね、レナ君！』

「あ、あの、皆さんどうか順番に……」

と、いつの間にやらクラスメイトたちに囲まれているレナ。……なにせ、誰にでも優しく親切な性格に加えて、美少女と見紛うほどの抜群の容姿だ。入学から数週間が経った今、レナはすっかり人気者。未だ腫れ物扱いのリリスとは真逆に、男女問わず皆に好かれている。裏では（主に一部の男子から）〝ママ〟と呼ばれているなんて噂も。そのうち潰してやるとリリスは心に決めているが……今はさすがに多勢に無勢である。

「……ふんっ、いいわよ別に」

レナを取られてしまったリリスは、すねたように頬を膨らませる。……が、すぐに思い直したようだ。

「……ま、むしろちょうどいいか。これでようやくケリつけられるんだから──ねえ、そうでしょ？」

そう言って向き直った相手は……同じくあぶれているらしいサリア。

──対人実技というのなら、まさに決闘にはもってこいのシチュエーション。入学式からの因縁を晴らす絶好のチャンスではないか。

　そして、対するサリアにもまた異論はなかった。

「どうい。……たいがく、して？」

「いいわよ。私に勝てたらね！」

　退学強制と、カリスの強奪――互いに求めるものはわかり切っている。そしてどちらも回りくどい策謀は口に合わない直情型。むしろこれまでよく我慢した方だろう。であれば……今こそより強い者が本懐を遂げる時。

　前置きだの予防線だの諸々全部すっ飛ばし、両者は同時に開幕の宣誓を口にした。


『――我ら反逆の血に連なる幼子、終わりの千年を生きる贄とならん――』


　そうして決戦の火蓋が切られた……時にはもう、リリスは既に動いていた。

「符術・織神――『火難蛇』！」

　初っ端から加減なしの先制攻撃。その性急さはむしろ、サリアを警戒しているからこそ。なにせあの英雄ガルシア＝ヴァレンシュタインの実子だ。普段はとぼけているが、間違いなくそれなりの使い手だろう。だからこそ、生半可な小手調べでは意味がない。

やるなら殺す気で——凄まじい業火の蛇が蜷局を巻いて襲い掛かる。それに対し、サリアはただそっと口を開いた。

「『しらねこ』」

少女の口から零れたのは、リリスが聞いたことさえない詠唱。いや、事実それは幻素を操るための詠唱ではなく、ただの呼びかけに過ぎないもの。

だが、ソレは現れた。

何もない虚空から、突如溢れ出る眩い煌めき。サリアの声に応じて現れたその光は、見る見るうちに猫型のシルエットを形作っていく。明らかに幻素とは違う何か……その正体にリリスは一つだけ心当たりがあった。

「精霊術……?!」

〝精霊〟——それは幻素と精神体の混合物を示す総称。『魔物』と呼ばれるものが幻素と生物を混ぜた混成物であるなら、『精霊』は幻素と魂を融合させたものと言える。

ただし、その希少性は天と地の差。肉体という確固たる器が存在しない精霊は、魔物と比べて固定化させるのが極めて難しい。必然、精霊を使役する術者もまた稀有な存在であり、リリスも今初めて目にするぐらいだ。

だが、真に驚くべきはそこからだった。

「おいで」

と呼ばれた猫の精霊は、しゅるりとサリアの頬に身を寄せる。そして……そのまま少女の内側へと潜り込んでしまった。

「……あんた、正気？」

眼前の光景に思わず問う。

幻素を肉体に宿らせることで身体能力を増幅させる魔術、というのは存在している。幻素の扱いに相当な技術を要求されるが、熟練の魔術師であれば可能だ。……だが、それと精霊を憑依させるのとではまるで話が違う。なぜなら、疑似的とはいえ精霊は魂を有しているからだ。一つの肉体に二つの魂を押し込めば機能不全を起こすのは明白。つまり、サリアがやったのは単なる自滅行為以外のなにものでもない…………はずだったのだが。

（なんで動けんのよ、こいつ……?!）

体に猫の精霊を宿したまま、サリアは平然と動き出す。それも、歩み出した足が踏みしめるのは、何もないはずの虚空。――まるで猫の如き俊敏さで、少女はぴょんぴょんと空中を駆け始めたのだ。

右へ左へ、前に後ろに、天井から床まで……自由奔放に跳ね回る少女の姿は、あまりに速すぎて常人の眼にはとらえきれないほど。リリスでさえ不規則に宙空を飛ぶ光の塊としてしか視認できない。およそ人間離れしたその変則立体機動により、追尾機能を持つはずの炎蛇も易々と振り切られてしまう。

どれだけ火力が高かろうと、躱してしまえば関係ない。今の彼女にとってそれは実に簡単なことだ。もちろん、そのスピードを攻撃に転ずることも。

蛇を躱した勢いのまま反撃に移るサリアは──そこで舞い踊る美しい蝶の群れを見た。

「符術・織神──『琥破苦蝶』」

まるで満開の桜吹雪の如く、ひらひらと舞う無数の蝶。その一つ一つがリリスの呪符であることは言うまでもない。

捕らえられぬ速度なら、空間全部を埋め尽くせばいい──呆れるほどの力技だが、それに文句をつける猶予さえ与えるつもりはない。リリスが指を鳴らすや、すべての蝶が一斉に連鎖爆発を起こす。

……が。

「『ふじがめ』」

爆煙が晴れた後、立っていたのは傷一つないサリア。もろに食らったはずなのにピンピンしている。それはさながら、甲羅を背負った亀が何もせずとも捕食者の牙を砕くが如く。

亀の精霊と一つになったサリアは平然と『琥破苦蝶』を受け流してしまったのだ。

そして三度、少女が口を開く。

「『あかいぬ』」

亀と入れ替わりで憑依するのは犬型の精霊。と同時に、サリアは無造作に持ち上げた右手を振り下ろす。――次の瞬間、突風と共に空間が引き裂かれる。咄嗟に貼った呪符の防壁がぐしゃりと拉げ、跳びのいたその横を見えない爪が通り過ぎていった。……範囲や速度はそれほどでもないが、殊、威力という点においては凄まじいの一言。まともに食らえば一撃で終わりだろう。

紙一重で窮地を脱したリリスは、『なるほどね』と呟いた。

「パパは死霊で、あんたは精霊ってわけ」

「リリス、おりがみじょーず。こんどおしえて」

互いがどんな魔術を持っているのか、一連の攻防でネタは割れた。そして同時に、『何を持っていないか』も互いに察しがついていた。

「でも……ふつうの、ない？」

と、不思議そうに首をかしげるサリア。彼女が疑問に思っているのは、リリスが頑なに呪符以外を使わないことについてだ。

……もっとも、その理由は簡単。使わないのではなく使えないのである。

『――ま、親父殿が遺した安全装置というところかな――』

それは、かつてエヴァリア＝アレイザードに教えてもらった『制約』にまつわるもの。
魔術師としてではなく供物として作られたリリスには、幻象界へアクセスできない縛りが課せられているのだ。なにせ、リリスは存在そのものが最高純度の生贄。『血』や『肉』はもちろんのこと、『声』や『感情』など彼女に関するカタチすべてが幻素にとっては麻薬のようなもの。そんな彼女が一声呼ぼうものなら、あらゆる幻素が大挙して群がってくる。無論それは、彼女自身にも制御不可能なほど大量に、という意味で。

つまり、リリスは放っておけば勝手に自爆する爆弾と同じ。それゆえ幻象界との相互干渉を遮断する封印がなされており、だからこそ元から幻素が内包された呪符を利用することでしか戦えないのだ。

ただし、どうやら縛りがあるのは彼女だけではないらしい。

「っていうか、あんただって手札はそれだけなんでしょ？」

「それは、そう」

と、素直に認めてしまうサリア。特定の幻素に特化した血を持つ魔術師が、他の幻素から忌避されるようになることはよくある話。精霊を憑依させるほどの特異体質からして、彼女もまた通常の幻素を使役できないのだろう。

もっとも、サリアにはその必要性自体がないのだが。

速度のネコ。防御のカメ。攻撃のイヌ——各々の役割に極限まで特化した三種の精霊。その手札の少なさは、しかし、彼女にとってはそのまま判断の速さに直結するメリットになっている。そう、仮に万の魔術を知っていようと、生死を分けるその一瞬に使えるのはたった一つだけ。であれば、手札など磨き抜いた三枚があれば十分。

そして事実、リリスは極めて単純な少女の三択に追いつめられていた。

『しらねこ』を捕らえるには広範囲攻撃しかないが、それだと『ふじがめ』の守りを突破できない。かといって火力をぶつけようとすれば、その隙に『しらねこ』で詰められて『あかいぬ』が来る。要は常にじゃんけんで後出しをされているようなもの。一つ一つの手札は単純で読みやすいのに、単体の強力さと切り替え速度でどんな手も対処されてしまうのだ。

ゆえに……その結末はある意味で必然だった。

「——すき、みえた」

何度目かの攻防のさなか、呪符使用の僅かな間隙を縫って急接近するサリア。『まずい』などと思考する頃には既に致死の間合い。この近さでは呪符による防御など間に合うはずもなく、身体強化の魔術など元より使えない。

懐に入られたら終わり――遠距離主体かつ道具依存な符術における、どうしようもなく致命的な弱点。サリアは本能的にそれを見抜いていたのだ。

……ただ一つだけ、彼女に誤算があるとすれば……それをリリス自身もよく知っていたということ。

「――私の弱点を私が知らないとでも思ってんの？」

決着の『あかいぬ』が放たれる間際、リリスがにんまりと笑う。

次の瞬間、サリアの足元で炸裂する強烈な音と光。――接近戦に弱いなんてことは先刻承知。だからこそこうして罠を仕掛けておいたのだ。

これにより一時的に五感を喪失したサリアへ向けて、リリスは退屈そうにつぶやいた。

「このまま続けても呪符がもったいないし……そろそろ終わらせましょっか。まっ、聞こえてないだろうけど」

そう囁いて懐から取り出したのは、金色に輝く指輪。それを左手の薬指に嵌めると、リリスはそっと縁に親指の腹を押し当てた。すると、ギザギザに加工された縁はあっさりと少女の柔肌を傷つけ、紅い血がじわりと滴り落ちる。

――その瞬間、サリアが大きく後方へ跳び退った。

未だ五感は痺れ何も見えていないはず。にもかかわらず何かを感じ取ったのだろう。目を見開き、全身の毛を逆立て、過剰なまでに警戒心を剥き出しにしている。

「へえ、その状態でわかるんだ。猫特有の野性の勘ってやつ？　すごいわね」

いつになく素直な賞賛を口にしつつ、滴る血を呪符へと垂らすリリス。刹那、少女の血を吸った呪符はおぞましい赤色に変貌した。

『口づけ』する際の微量な唾液により、呪符に込められた幻素を強化する――それがリリスの符術のからくりだ。全身が至上の供物たる彼女であれば、それだけで並の魔術を容易く凌駕できる。

そんな彼女が、唾液などとは比較にならぬほど濃密な『生き血』を使った。それが示す事実は一つ。これから繰り出されるソレが、これまでとは別格の術式であるということ――

「符術・緋織神――」

呪符の起動と共に、ゆらゆらと世界が歪む。それは術式の効果……ではない。リリスの血を啜り膨れ上がった幻素が、その存在だけで空間を歪めているのだ。

単なる供物として作られ、本来なら戦う力さえ持たなかった少女――そんなリリスがそれでも自らの手で運命に抗うために求めた力、それがこの『織神』だ。文字通り身を削るその術が生ぬるいはずがない。禍々しいまでの執念が世界をわななかせる。

そんな異質な力を前に、サリアもまた呟いた。

「『しらねこ——もっと』」

呼びかけに応じて、憑依の深度が一段と増す。サリアの頭からにょきにょきと生えて来たのはふわふわの猫耳。臀部からも同じく純白の尻尾が顔を出す。……傍目にはただ可愛くなっただけにしか見えない変化だが、実態はむしろ逆。肉体の物理的な変質——それは憑依などという段階を踏み越えた、事実上の魔物化である。

「ちょっとあざとすぎない？　……まっ、別にいいけど」

互いに明かした本気の術式。見せてしまった以上、もはやどちらにも後退の選択肢はなく、元よりそのつもりもない。ある意味で、二人は確かに似た者同士。ゆえにどちらも理解していた。次の一撃が決着になる、と。

そうして両者は同時に動く。解き放たれた本気と本気、それがぶつかり合わんとしたその刹那——

「——そこまでですよ、お嬢様」

「——そこまでだ、サリア」

放たれた呪符は砂の巨腕に握り潰され、飛び出しかけたサリアは寸前で床に組み伏せられる。二人を同時に抑えたのは、双方の保護者……レナとガルシア教官である。

——決闘に夢中な二人は気づいていなかったが、リリスたちが好き放題暴れまわったせいで実習室はめちゃくちゃ。他の生徒たちは怯えて隅っこに避難している。これでは授業にならないのだ。

「まったく、少し目を離せばこれか。対人訓練をしろとは言ったが、決闘まで許可した覚えはないぞ」

決着を邪魔され不服そうに頬を膨らませる二人に、ガルシアはしっかりお灸をすえる。

「そもそもカリスの争奪戦などアレイザード時代の悪習。家門同士の代理戦争を誘発するための卑劣な制度だ。そして今、それを『百血同盟』が家系間の序列構築に利用している。どちらにせよ支配者層の薄汚い思惑……そんなものに若いお前たちが踊らされるな」

と、ガルシアは二人へ説教……というより、まるで愚痴をこぼすかのように呟く。どうやら今の『百血同盟』のやり方には思うところがあるらしい。ただ、いくら個人的に不満を抱いていようとも、教師である以上は生徒の前で大っぴらな学園批判はできない。ガルシアはすぐに話題を戻した。

「こほん……ともかく、学生ならば学生らしく健全に成績で勝敗をつけなさい。ちょうど近くダンジョン実習もあることだしな。……それとも、お前たちは契約で縛られなければ約束すら守れぬほど子供なのか？」

そこまで言われてしまえば、負けず嫌いなリリスが『はい私は子供です』などと答えるはずもない。

「わ、わかったわよ！」

と渋々ながらに矛を収めるリリス。実際ガルシアに出張られては決闘継続など不可能だ。

……ただ、実娘であるはずのサリアは返事もせず、ぷいっと背を向けて去っていく。

自分よりも反抗的なその態度に、リリスは目をぱちくりさせた。

「な、なにあれ……？　あいつ、あんたの娘でしょ？　喧嘩でもしてるわけ？」

普段の人懐こいサリアからは考えられない行動。その原因として思いつくのはくだらない理由だが……意外にもそれは当たっていたらしい。

「そうだな、そんなところだ」

「え、マジで？」

「ああ、『まじ』だ。もうずいぶんと前からこの調子でな。……もっとも、悪いのは一方的に私だ。喧嘩と呼んでいいものか……」

と、いつもの厳格な姿はどこへやら、ガルシアは自信なさげにうなだれる。

「ぷぷっ、反抗期の娘の前じゃ英雄様も形無しね！」

「買いかぶってくれるな。戦場を離れれば軍人魔術師など何の役にも立たんよ。……妻にもいつも尻に敷かれていたものだ」

懐かしげなその呟きを聞いて、レナはふと尋ねた。

「そういえば、サリアさんの精霊術は先生の魔術と全然違いますよね？　もしかして……」

「ああ、あれは妻から受け継いだ精霊だ。幸いなことにあの子は母親似なものでな」

それを聞いてリリスは『へえ』と反応した。

「奥さんも魔術師だったんだ」

「そうだ。名はイレイナ――男勝りのお転婆でな、私などよりよほど強い女だった。それでいて慈悲深く、悪を見過ごせない正しい心を持っていたよ」

と、ガルシアは懐かしむように相好を崩す。その表情を見れば、リリスにだってすぐわかる。この無骨な男が、どれだけ妻を愛していたのか。

だけど――

「ただ、それがいけなかった。イレイナは常に最前線に立ち、誰よりも身を挺して仲間を守り……《オスロア戦役》で死んだ」

「……！」

最初にサリアが母親を亡くしていると聞いた時は、てっきり病死か何かだと思っていた。

だがもしも、それがアレイザード一派との抗争のせいだとしたら……

「……私は謝んないわよ」

先んじて呟くリリスに、ガルシアは微笑みかける。

「無論だ。君に咎はないし、私もあの子も恨みなど抱いてはいないよ。親の罪を子が背負わねばならぬのなら、この世は罪人で溢れてしまう。……ただ、もしも咎人がいるのだとしたら、それは――」

何事か言いかけたガルシアは、すぐに口をつぐんだ。

「……いや、なんでもない。とにかく君が気に病む必要はない」

「ふん、わかってるわよ！」

と鼻を鳴らして教室を出て行ってしまうリリス。

その背中をガルシアはやれやれと見送った。

「……あれは気にしているな」

「ええ。……ですが、僕はお嬢様のそういうところが大好きなんです」

徹しきれないツンツンが可愛らしくて思わず微笑みを零すレナ。……ただ、その表情はすぐに曇った。

「ですが、奥様のことは本当にお悔やみ申し上げます。きっと寂しかったことでしょう？」

「そうだな、あの子は当時六歳だった。まだまだ母親が必要な歳だ。不憫なことをしてしまった……」

幼くして母を亡くした娘を思い、沈鬱に俯くガルシア。けれど、レナが言っているのはそっちのことではなかった。

「いえ、サリアさんではなく……あなたのことですガルシア先生」

「……！　ははっ、この歳で誰かに心配されたのは初めてだよ」

思いもよらぬ言葉に微笑むガルシアは、『だが……』と言葉を継いだ。

「私への気遣いは不要だ。妻とは何年も共に連れ添った。その思い出だけで、私には十分だ」

在りし日に思いを馳せているのか、遠い目をして答えたガルシアは……それから不意に問う。

「……レナ＝アレイザード、君はあの子の庇護者たることを誓ったと言っていたな？」

「はい」

「ならば問う。君は本当にすべての脅威から彼女を守るつもりか？　生贄の血を求める数多の魔術師を退け、生涯平穏を守り抜くと？　その誓いを本気で果たせると思っているのか？」

「どうでしょう、わかりません」

とレナは素直に首を横に振る。まだ見ぬ未来を断言するほど、少年は傲慢ではない。

だが、その答えには続きがあった。

「ですが、この身が大地に還るその時までは、精一杯頑張ります！」

どこまでも前向きな少年の決意を聞いて、ガルシアは『そうか』と目を閉じる。そして、微かな逡巡と共に告げた。

「ならば一つアドバイスだ――非情になりなさい。この前の夜のことは聞いている。君は襲撃者を皆殺しにするべきだった。敵の戦力は確実に削がねばならん。誰かを守らんとするならば、それ以外のすべてを捨てる覚悟が必要だ。ましてや敵を思いやるなど――」

ガルシアが口にするのは、戦場に生きた魔術師だからこその助言。その言葉の重みは痛いほど理解できる。

しかし、レナはそれでも笑って首を横に振るのだった。

「ご助言痛み入ります。……ですが、少し違うと思いますよ。この世界には『敵』なんて人はいません。みんなちょっとだけやりたいことがずれているだけです。そのずれのせいでぶつかってしまうことはあっても、絶対に分かり合えない、なんてことはないはずです。だって、人間には自由な意思があるんですから。悩んで、痛んで、ぶつかりながら、それでも自らの小さな足で進む。たとえそれが、神様に禁じられている道であろうとも。だから、僕はそんな幼い子たちがたまらなく愛おしいんです」

そう笑顔で言い残して去っていくレナ。たとえ敵対者であろうが、愛し、慈しみ、抱擁する——ただの母性と呼ぶにはあまりに大きく、あまりに異質すぎる人類種への博愛。もはや信仰にも似たそれを目の当たりにしたガルシアは、小さな声で呟いた。

「……君の期待は我々には重すぎるよ、少年」

第四章 ✲ ──異界に巣食うモノ──

それからしばらく、平穏な学園生活が続いた。

あの対人実技後でもサリアは相変わらずリリスに懐いているようで、毎日のように遊びにやってくる。無論、中途半端が嫌いなリリスは決着をつけたがりはするが、レナのみならずガルシアまで目を光らせるようになってしまったため、どうにもその機会は訪れない。

そうこうしているうちに、ついにその日が──ダンジョン実習当日がやってきたのだった。


「──『ダンジョンとは何か？』──」


大きなリュックを背負い、そわそわと落ち着かない生徒たち──そんな彼らに投げかけられたのは、今更すぎる問いだった。

「再三になるが、今一度確認しておこう。端的に言って、ダンジョンとは『地上に表出した幻象界との接点』を指す。さながら、地下水脈から水が湧き出る湧水点の如く、幻象界からひとりでに幻素が湧き出る特異点のことだ」

と、説明するのは実習担当教官であるガルシア。喋っている内容は周知の前提知識だが、浮足立った生徒たちを落ち着かせるためかあえてゆっくりと話を続ける。

「その発生要因は幾つかあるが、大気中の残象魔力と何かしらのカタチが結びつくことで、疑似的な召喚術式……すなわち幻象界への『門』が構築されてしまうケースが多い。つまり、ダンジョンの形成は偶発的かつ自然発生的であるため、予測するのは極めて困難といえる。それゆえ、我々がなすべきは予防ではなく事後対応。可能な限り速やかに、ダンジョンの核となるその門——〝ダンジョンコア〟を破壊することが求められる」

淡々とまとめるガルシアは、そこから一段声を強める。

「ただし、ここで最も困難となるのがダンジョンコアの『特定』だ。諸君らも知っての通り、カタチとは地上のあらゆる物質や現象、概念を指す。それはすなわち、ダンジョンコアにもまたあらゆるものが成り得るということだ」

地面に散った小石の『並び』、葉から水が滴る『音』、小鳥が飛んだ『軌跡』——可能性はそれこそ無限である。

「だがそれでも、我々は迅速にダンジョンコアを調査・特定し、破壊しなければならない。でなければ水漏れの如く地上に幻素が流入し続け、最悪の場合人類種に有害な魔導災害を引き起こしかねないからだ。これは幻素を認識(にんしき)可能な魔術師にのみ可能な役割であり、国が諸君らに期待する責務でもある」

　ダンジョン由来の異常災害については、散々授業で習ったこと。平和になった今でも魔術師が必要とされるのは、このダンジョンへの対処に不可欠だからである。

「ゆえに、本実習においても決して気を緩(ゆる)めることがないように。……ただし、初回となる今回に関しては攻略(こうりゃく)の成否を気にする必要はない。まずは初めて足を踏み入れるダンジョンという環境(かんきょう)を体で覚えること。そしてくれぐれも無理はしないこと。実習用ダンジョンは学園管理下にあるが、それでも危険は存在する。常に周囲に気を配り、帰還(きかん)を第一とせよ。……皆(みな)からの良い報告を期待する！」

　任務の重要性を強調し、作戦目標を明確に提示しつつ、最後に鼓舞(こぶ)も忘れない。さすがに元指揮官だけあって浮足立った新兵の扱(あつか)いは慣れているらしい。生徒たちは最初よりもずっと落ち着いた様子で頷(うなず)いている。

　その顔を見て、ガルシアはいよいよ皆が待ちに待った言葉を告げるのだった。

「それでは、これより班分けを発表する。各班顔合わせ後、速やかに所定のダンジョン侵入(しんにゅう)口へ移動、合図と共に実習を開始するように」

　そうして話が終わるや否(いな)や、リリスは鼻息荒(あら)く立ち上がった。

「うっし、やっと始まりみたいね！　さあレナ、さっさと攻略するわよ！」

と、いつになく張り切るリリス。

ようやく授業の大切さに目覚めてくれたか、と感涙を流すレナだったが……残念ながらそういうわけではないらしい。

「とっとと満点取って、あの泥棒猫をぎゃふんと言わせてやるんだから！」

『決着ならダンジョン実習の成績でつけろ』――とガルシアは言っていた。本当は直接ぶちのめす方が好みなのだが、ここまで来たら贅沢は言わない。とにかくつけ損ねたケリを早くつけたくてたまらないのである。

……が、班分けが済んだ後、リリスのテンションは急転直下で暴落することになる。


――……

――……


「……ねえ、なんでこーゆーことになるわけ？」

「お、お嬢様、どうか落ち着いて……」

振り分け先のC班にて。苦虫を嚙み潰したような顔をするリリスと、それをなだめるレナ。……寮の部屋分けと同様に、主従関係にある生徒は必ず同じ班に配置されるのが学園のルール。なので二人が一緒になったことは当然だしもちろん文句などない。

ゆえに、リリスのご機嫌を損ねたのは残るもう一人の班員だ。それが誰かというと――

「リリス、りらっくす」

「わあ、お嬢様を心配してくれるのですか？　とても優しいですね、サリアさん！」

「んふふふ」

と褒められてご満悦なのは、他でもないサリア。――あろうことか競争相手であるはずの彼女まで同じ班に割り振られてしまったのである。

「これじゃ勝負も糞もないじゃない！　ガルシアのやつ、絶対わざと仕組んだでしょ！　職権濫用よ！」

「まあまあ、いいじゃないですか。僕はお二人と同じ班になれて嬉しいですよ！」

「サリアも、うれしい！」

「くっ……もうこんなの意味ないわ！　さっさと終わらせるわよ！」

すっかり拗ねてしまったリリスは、ぷりぷり怒ったままスタート地点へ。

――思わぬ人物と再会したのは、その途中でのことだった。

「……！　あーら、いつぞやはどうも。あれからやけに大人しいじゃない――ミスター・

アーノルドさん？」

　指定地点へ向かう途中、不運にもリリスの目に留まってしまったのは……あの魔獣使いのアーノルド＝ブランドン。ご機嫌斜めなこのタイミングで見つかったのが運の尽き、詰ってやろうと意地悪モードで声を掛けるリリス。

　だが……

「あ、ああ……」

　アーノルドの反応は何ともそっけない……というか、半ば心ここにあらずというもの。嫌味ったらしい呼びかけに反発することもなく、目を伏せてそそくさと歩き去ってしまう。

　喧嘩を買ってもらえなかったリリスは、残念そうに唇を尖らせた。

「なによ、つまんないの。……まっ、そんだけ私にびびってるってことね！　いい気味だわ！」

「お嬢様、いじわるは感心しませんよ！」

「つんつん、めっ！」

「別にいいでしょこれぐらい。こっちは命狙われたのよ？　殺したって文句言われる筋合いないわ。それに、またくだらない策略でも企んでるかもしれないしね。威嚇よ、威嚇！」

「もー、大丈夫ですよ。アーノルドさんは誇り高い方ですから」

「はいはい、あんたの目から見ればこの世はみーんな聖人君子ね」

なんてことをやっているうちに、いよいよスタート地点に到着。

リリスたちの班に指定されたその場所は、学園西部にある森の入り口。そこにあったのは……ただの粗末な掘立小屋だった。

「……ホントにここであってんの？」

「……地図では確かにここが入り口だとありますが……」

半信半疑で立ち止まる二人。

その脇をすり抜けてずんずん進むのはサリアだった。

「しゅっぱつ！」

という元気な一声と共に、ためらうことなくドアを押し開ける。ここが正解かどうかなど、踏み出せばすぐにわかることなのだ。

すると……

「――ふぅん、そういう感じね」

「――すごいですね……！」

「――ぜっけい！」

遥か突き抜ける青い空。

どこまでも続く新緑の森。

轟々と流れる清らかな河。

ドア枠の向こうに広がっていたのは、見るも鮮やかな果てなき別天地。物理的に小屋に収まるはずもない規模……というか、空だの大地だのがある時点でおかしなことになっているが、それはある意味で当然のこと。なにしろダンジョンとは現世よりも幻象界に近い場所。空間の大小などという地上のルールはあてにならないのだ。

「まっ、雰囲気は上々ね！　ちゃちゃっと攻略するわよ！」

「たんけん、かいし！」

かくして始まるダンジョン実習。

ただし……

「さてと、ダンジョンコアは…………あー、アレっぽいわね」

開始一秒でリリスが指さしたのは、森の中央に聳える巨大な樹。

「この規模のダンジョンで、しかも学園が管理してるってんなら、コアは小石だの小枝だの適当なものじゃない。魔術的に補強された安定的な物体を選ぶはずだわ。十中八九アレで決まりでしょ。ってか、目立ちすぎよね」

などという極めてメタな読みで授業の主旨を台無しにするリリス。

もっとも、それでクリアになるほど単純な課題ではない。

「お忘れですかお嬢様？　実習の目的はコアの発見だけじゃありませんよ」

「かんさつ、ちょうさ、ほうこく！」

主(あるじ)を諫(いさ)めつつレナが取り出したのは、支給された調査記録ノート。

実際のダンジョン攻略において、最も重要視される工程はコアの捜索(そうさく)……ではない。その前段階となる周辺調査だ。ダンジョンがどういった構造をしているのか、どのような幻素が発生し、どんな魔物が生息しているのか。まずはそれらの情報がなければ、コアの捜索など満足にできるはずもない。ある意味で、コアの破壊なんていうのは事前調査が成功した後のウイニングランみたいなものなのだ。

ゆえに、実習においても『コアへの到達(とうたつ)』よりも『情報収集』の方が高く配点されている。存在する幻素や魔物の報告、安全と思われるルート選定、コアを特定する合理的考察などなど。求められるのはそういった細々とした部分なのである。

「はいはい、それぐらいわかってるわよ。……ったく、めんどくさ」

とぶつくさ文句を垂れるリリスだが、何はともあれ出発進行。初めてのダンジョン探索(たんさく)を開始する。その道中で目に映るのは、様々な種類の幻素や珍(めずら)しい魔法(まほう)植物、いつかの厩(きゅう)舎掃除(しゃそうじ)で世話したサラマンダーの群れなんかもちらほらと。生態系の豊かさを見るに、このダンジョンは実習用地として以外にも魔術資源の確保という用途も兼ねているようだ。

ちなみに調査の進捗はと言えば、極めて順調だった。その理由は簡単――リリスがいるからだ。

「リリス、だいにんき！」

出発からほどなくして、サリアが目を丸くする。

というのも、ただ歩いているだけでリリスの周りにわらわら幻素が集まってくるのだ。

どうやらアニュエス・ブラッドの存在を嗅ぎつけたらしい。無論、魔力の介在なしにリリスをどうこうできるでもなし、そもそも危険種の幻素もいないので無害なもの。なので、リリスにたかっているうちに種類や数をメモするだけで調査が完了してしまうのだ。

そうして用が済んだ後は……

「あー、鬱陶しいわね。そろそろメモ終わったでしょ？　レナ、やっちゃって」

「はい、お嬢様」

と命じられたレナが、そっとリリスに歩み寄る。

その瞬間、蜘蛛の子を散らすように去って行く幻素たち。レナが何かしたわけでもないのに、まるで巨大な怪物を恐れるかの如く逃げて行くのだ。地上の生物には無条件で好かれるレナだが、幻素たちとの相性はすこぶる悪いらしい。

と、まあこのように、リリスが集めてくれるお陰で幻素の調査はやり放題。在来生物についてもレナがいるので同じことができてしまう。なので道中は快調そのもの。何の障害もなくずいずいと進んでいく。

……ただ一つだけ、レナには気になることが。

「ここは本当に美しいところですね、森も川も山も。だけど……どうしてこんなに綺麗なのでしょう？」

「さあ、人間がいないからじゃない？」

『綺麗な景色に感動！』なんてタイプとは無縁のリリスは、どうでもよさげに答える。

……ただ、少年はやはり腑に落ちない様子で首をかしげるのだった。

「……本当に、それだけなのでしょうか……？」

※※※※

かくして数時間後。

日が落ちたことで今日の探索はここで切り上げ。見晴らしのよい丘に陣取った三人は、野営の準備を始めていた。

といっても、もちろん働くのはレナだけ。今は持ち込んだ食料を使ってのキャンプ飯調理中である。……自然豊かなこの地でなら食料調達は容易だが、ダンジョン内のものは極力体に取り込まないのが鉄則。どんな幻素を含んでいるかわかったものではないのだ。

　そうして辺りに良い香りが漂い始めた頃。

「──いいにおい！」

「──ん、できてるみたいね」

　茂みの向こうからやってきたのは、リリスとサリアの二人。水浴びを終えたばかりらしく、髪を乾かしつつ焚火の傍に腰掛ける。二人にとって上げ膳据え膳はいつものこと。できたてのスープがよそわれるのを待つ間、リリスはうーんと伸びをする。

「はー疲れた。ここ、無駄に広くてやんなっちゃうわ」

「でも僕は楽しかったですよ。ピクニックみたいで」

「えんそく！　たのしい！」

　と微笑むレナは、小さく付け加える。

「塔にいた頃はあまり遠出できませんでしたからね」

「別に、私は出たいとも思わなかったけど。出られないって事実が癪だっただけでね」

　そうして星が瞬き始める頃、ささやかな夕餉は終わりを迎える。レナが食器を片付け終わった時にはもう、サリアはすっかりおねむな様子。そろそろ就寝の時間である。

「ふわぁ……私も眠くなっちゃった。レナ、お願い」

「はい、ただいま」

と答えるや、辺りの砂が一斉に蠢き出す。あっという間にできあがったのは小さな石造りの家。……野外でのサバイバルも実習のうちとは言われていたが、うら若き乙女にとってはお肌の方が大事。野宿なんてまっぴらごめんである。

……のだが。

「あれ？　どこ行くのよ？」

折角建てた家から出て行ってしまう少年。慌ててその背に問うと、レナはにっこりと答えた。

「僕は外で眠ろうかと。こんなに綺麗な大自然ですから」

「サリアも！　サリアもおそとがいい！」

と、二人して野宿しに行ってしまう。

ぽつんと取り残されたリリスは……

「……ま、まあ、たまにはね？」

と結局追いかけることに。

かくして三人そろって夜空を見上げて横になる。

星空なんて興味ないタイプのリリスではあるが……別に綺麗なものが嫌いなわけではない。開放的な大自然で見る満天の星。こういうのもまあ、たまにならいいか。なんて思いつつ瞼を閉じる。

——と、その時だった。

（……ん？）

もぞもぞと背中に感じる人の気配。……何者かがこっそり寝床に潜り込んできたらしい。

それに気づいた瞬間、リリスはハッと目を見開く。

（もしかして……レナ⁈）

まさかの展開にリリスの体温は急上昇。『開放的な大自然は人の心も解放する』なんて言い回しは聞いたことがあるが、よもや温和な少年の野性まで解放してしまうとは。大自然おそるべし。……なんて言ってる場合ではない。

「も、も～、レナってば、こんなところで……サリアもいるし、心の準備が……」

とリリスは真っ赤になってもごもご呟くが、背後の気配はさらににじり寄るだけ。どうやら逃がす気はないらしい。

だったら……リリスはきゅっと唇を引き結んだ。

「……で、でも、その……レナがどうしてもって言うなら…………いいよ？」

恥じらいつつも、意を決して振り返る。

すると、そこにいたのはレナ……ではなく、上目遣いでこちらを見つめるサリアだった。

「いっしょ、ねる？」

「……寝ない」

秒で切り捨てられ、サリアはしょんぼりと寝床から去っていく。……が。

『──レナー。いっしょ、ねる？』

『──はいはい、サリアさんは甘えん坊さんですね』

『──んふふふ』

「っ⁉︎　ちょ、ちょっと待ちなさいっ‼」

かくして一分後。

星空の下で枕を並べるリリスとサリアの姿が。レナと寝られるよりはマシ、ということで、結局リリスが一緒に寝ることになったのだ。それがよほど嬉しかったのだろう、サリアはうきうきと上機嫌である。

「んふふ。リリス、あったかい」

「もー、くっつかないで。くすぐったいでしょ」

「リリス、ふわふわ！」

「ちょ、だからくすぐったいって……あ、こら、胸はやめなさい！　そこはレナ専用の……ちょ、聞いてんの!?」

「んふふふふ……」

と、甘えん坊な子猫(こねこ)のように顔をうずめてくるサリア。

正直、リリスとしても内心まんざらでもないのだが、そこは彼女なりのプライドがある。

「あんたねえ、そんなに甘えたいならパパにでも甘えてきなさいよ！」

と表情が緩まぬよう頑張(がんば)りつつ、いつものように突っぱねる。

すると……

「……ダメ」

急にしょんぼりと首を振るサリア。

その様子を見て思い出す。

「ああ、そういや喧嘩中とか言ってたっけ？」

この前の実技訓練の際、ガルシアがそんなようなことを口にしていたはず。

……が、サリアはそれも否定するのだった。

「ううん、けんかじゃない。……サリアがいけない」

「は？　どういうことよ？」

ガルシアは確かに『自分が悪い』と言っていた。なのになぜ娘からも同じセリフがでるのだろうか？　……その理由を、サリアはしょんぼりと口にした。

「……おかあさん、かえってこなかった。おとうさん、『ぜったいまもる』ってやくそくしたのに。だからサリア、おとうさんにいった。『うそつき』って」

少女が告白するそれは、きっと十年前に母を喪った時の話だろう。それを聞いてリリスは理解する。あの時ガルシアが己を責めていた理由を。そして今、同じくサリアが自分を責めている理由も。

「……でも、ほんとはサリアしってる。おとうさん、いっぱいがんばった。おかあさんのこともまもろうとした。おとうさんのせいじゃない。……なのにサリア、ひどいこといっちゃった。だから、サリアがいけない。あわせるかお、なし」

と、いつになくしょんぼりするサリア。

家族であればこそ、素直な胸の内を伝えるのは時に難しくなるもの。傷つけてしまった負い目をずっと引きずっていたのだろう。

だから……リリスはふんと鼻を鳴らした。

「何よそれ、馬っ鹿じゃないの？　そんなのよくある親子喧嘩じゃない。『ごめんね』の一言で終わりでしょ。柄にもなく深刻ぶってんじゃないわよ。……ま、私は親なんて知らないけど！」

などと、ぶっきらぼうに言い放つリリス。……だが、言葉とは裏腹なその気持ちは十分に伝わったようだ。

「リリス、やさしい！　だいすき！」

「こ、こらっ、だからくっつくなっての！」

元気になったサリアと、迷惑そうにつんつんするリリス。

こうしてダンジョンの夜は穏やかに更け、さわやかな朝が来る。

……はずだった。

※※※※

「――ふわあ……おはよう、レナ」

翌日、早朝。

目を覚ましたリリスは、いつも通り先に起きていた少年へ声をかける。……が、いつもとは違い少年から答えが返ってくることはなかった。

「……？　レナ？　どうしたのよ？」

　問いかける先、少年が覗き込んでいたのは野営地の端に置かれたスープ鍋。ただし、その中身は綺麗に空っぽになっている。

「……昨晩、スープの余りをここに置いておいたんです。だけど、今見たら空っぽでした」

「あら、そう。まあ周りはこんな森だし、猪とかが食べちゃったんじゃない？　それか、サリアのやつが夜中にこっそり食べたとか」

　なんて冗談めかして答える。朝食にあのスープが食べられないのは残念だが、これだけの大自然だ。虫や獣に食べられてしまっても不思議ではないだろう。……けれど、レナは首を横に振った。

「いいえ、獣に荒らされたにしては痕跡がなさすぎます。きっと、もっと小さくてもっとたくさんの何かでしょう」

　その口ぶりからリリスは理解する。少年は面倒くさがって鍋を放置しておいたのではない。むしろ、〝何か〟が来ることを予期して置いておいたのだろう。昨日から彼が気にしていた視えない何かを。そして今、彼はその存在を確信した。だったら――

「何を気にしてんのかさっぱりわかんないけど……わかったわ。あんたの好きにしなさい。確かめたいってことでしょ？」

かるのだ。

少年が何を危惧しているのかはわからない。だが、彼がしたがっていることならよくわ

「お嬢様……！」

主に背中を押されたレナは、意を決したように問うた。

「行くべき場所ができました。少し急いでも構いませんか？」

「ふん、私は最初からとっとと終わらせようって言ってるじゃない！」

そうと決まってからは早かった。

寝ぼけたサリアを叩き起こすや行動開始。三人はレナの目指す場所へとずんずん突き進む。なにせ、空を駆ける『しらねこ』と自在に操れる砂があるのだ。森だの渓谷だのという障害を文字通り飛び越えながら、ひたすらに先へ。

その果てにたどり着いたのは……リリスが最初にゴールと目したあの大樹であった。

「やっぱりコアはこれみたいね」

到着した大樹の根元にて、リリスは確信したように呟く。詳しく調べなくてもわかる。溢れ出る濃密な幻素の気配――間違いなくこれがダンジョンを形成する核だろう。

と、まあそれはいいとして……

「で、なんでここに来たかったわけ？」

そう問いを投げかけられたレナは……しかし、何も答えない。ただ静かに大樹へ歩み寄ると、その脈動を確かめるようにそっと幹に触れる。

そして……

「そうか……あなたは、もう……」

消え入りそうな声で呟くレナは、まるで愛する人を悼むかのように悲しげに瞑目した。

「……ずっと気になっていたんです。このダンジョンは綺麗すぎる。不自然なぐらいに。分解を担う生物が異常増殖をした場合でなければこうはならない。なのに、それらしい気配が全くなかった。だから気のせいかとも思ったのですが……」

誰にともなく呟くレナは、それからおもむろにガントレットを装着した。

「そうですか、あなたはずっとここに隠れていたんですね」

少年の声に微かに籠る感情、それは紛れもない怒気。

と同時に拳を握りしめたレナは……突然ガントレットで大樹を殴りつける。

その瞬間、あっけなく砕け散る大樹の幹。そしてぽっかりと開いた風穴から零れ出でたのは——どろどろに腐った獣の死骸。それも一つじゃない。異臭を放つ腐乱死体が後から後から無数に溢れてくる。

空洞化した大樹の中には、夥しい数の『死』が詰まっていたのだ。

「うっ……な、なんなのよ、これ……?!」

「きもちわるい……！」

あまりにグロテスクな光景に後ずさるリリス。隣ではサリアも全身の毛を逆立てる。

その異常すぎる怪現象は、しかし、不気味なだけでは終わらなかった。大樹の奥から耳障りな羽音がしたかと思うと……腐肉と共に大量のハエが湧き出て来たのだ。

百、千、万――あるいは、それ以上。

溢れ出す凄まじいハエの大群は、最初、無軌道に飛び回るだけかに見えた。……が、混沌の中で次第に規律めいた動きを見せ始める。

群がり、集まり、寄せ聚って、構築されていくおぼろげなカタチ。徐々に明らかになるそれは、紛れもないニンゲンの輪郭――

「――んだよ、もうバレちまったか～。折角いい餌場にありつけたとこだったのによぉ～」

人間の姿で、人間の声で、人間の言葉で、眼前に立つソレは第一声を放つ。うんざりしたような仕草や表情さえ、完全に人間そのものだ。

だが、違う。

三人ははっきり見ていた。ソレを形成しているのは紛れもなく死臭振りまくハエの群れ。どれだけ姿形が似ていようと、断じて人間ではない。

その正体不明の〝何か〟に向かって、レナは静かに告げた。

「……あなたは、とてもよくないものだ」

それは、真っ向から相手の存在そのものを否定する言葉。リリスはそんな少年の言葉を初めて耳にした。

蛇や蜘蛛など一般的に嫌われる生物はもちろん、あのウツロマユバチのような人間からすれば残虐に見える虫さえも、レナは決してその生を否定しようとはしない。産まれ、生き、食い、食われ、そして死ぬ——彼はそんな生命の営みすべてを愛し、それにかかわる生物すべてを慈しんでいるのだ。そんな少年が、正面からその存在を否定すること……それこそが何よりも眼前に立つソレの異質さを示している。

そして事実、それは正しかった。

「おいおい、いきなり失礼なガキじゃねーか。今時の人間ってのは礼儀も知らねーのか?」

不機嫌にレナたちを睨んだソレは、しかし、すぐに思い直したように肩をすくめる。

「まあでも、あの糞野郎と比べりゃマシか。……なあ、おめーもそう思うだろう?」

と同意を求める視線の先は、レナを通り越してその背後に立つリリス。どうやら向こうは彼女を知っているらしい。

「匂いでわかるぜ。お前、あいつが研究してた女だろ? たしか……『アニュエス・ブラッド』とか言ったか？」

「だったら何？」

正体不明の相手に対しても、リリスはいつも通り喧嘩腰で返す。何が相手だろうと彼女のスタンスは変わらない。喧嘩を売るなら、買うまでだ。

その反応を受け、ソレはくつくつと喉の奥で笑った。

「いや、何ってわけじゃねえが……ツイてるなと思ってさ。まさか、のっけからこんなご馳走にありつけるなんてよぉ……!!」

嬉しそうにそう言って、ソレは正面からリリスへ手を伸ばす。そこには別に敵意なんてありはしない。あるとしたら……ごく純粋な食欲だけ。

朝食のパンを前にした時、それを『敵』だと思って食べる人間がいるだろうか？ 無論、いるはずもない。パンというのは敵意を向けるにさえ値しない、ただの食事だからだ。つまりはそういうこと――ソレにとって人間を喰らうことは、パンを齧るのと同じぐらい当たり前の行為なのである。

だが、ここにはその『当たり前』を阻む守護者がいる。当然のように手を伸ばすソレの前に、厳然と立ちはだかったのはレナ。

……が、どうやらその必要さえなかったらしい。

「──おかしな気配がしたかと思えば……貴様のような生徒を受け入れた覚えはないぞ」

凪いだ湖畔のような、静謐な声が響く。

いつの間にそこにいたのか。ソレの背後からゆっくり歩いて来るのは、顔に傷のある壮年の男──

「おとうさん！」

「無事か、サリア？」

現れたその男──ガルシア＝ヴァレンシュタインは、穏やかに娘を気遣う。

……が、生憎ソレは親子の再会を見守ってくれるような相手ではなかった。

「おいおっさん、なーにオレ様を無視しちゃってんの？　なんなら前菜代わりにてめえから喰ってやろうか？」

素通りされたことが癪に障ったのだろう。ソレは苛立ちの表情で矛先をガルシアへ向ける。

だが……

「────あ？」

伸ばしかけたソレの手が、ぼとりと落ちた。

地面に転がる両断された腕。いや、それだけではない。足が、胴が、首が、だるまおとしの如くばらばらに切り落とされていく。

――戦場を離れて久しいとはいえ、かつて英雄と呼ばれた本物の軍人魔術師。敵前でのんびりお喋りなんて隙を晒すはずもなし。サリアと会話していた時にはもう、斬られた当人すら気づかぬ速度で殺し終えた後だったのである。

……いや、そのはずだったのだが。

「三人とも、下がっていなさい。……まだ終わっていない」

その警告をなぞるかの如く、バラバラになったソレの肉片が蠢き出す。各部位の輪郭が崩れたかと思うと、一瞬にして元のハエの群れとなって拡散。さらには再び空中で寄り集まって、模るのは寸分たがわぬ人の形。

結果――数秒後には先ほどと何ら変わらぬソレが立っていた。

「おいおい、勘弁してくれよ～。自己紹介もまだだってのに殺されちゃたまんねーぜ」

と、ぴんぴんした様子で笑うソレ。無数のハエから成る『群体』であるこの怪物にとって、輪切りにされた程度屁でもないらしい。

……しかし、その手のバケモノを何百と屠ってきたからこその『英雄』――ガルシアにもまた動揺はなかった。

「自己紹介なら不要だ。……どうせすぐに死ぬのだから」

「ははは、言うねおっさん。でもよお、あんたがよくてもこっちが困るのさ。なんせ……オレらにとっちゃ、それが一番重要なんだからなあ！」

口角が裂けんばかりにニンマリと笑ったソレは――突如凄まじい大声を張り上げた。

「っつーことで――改めましてお耳を拝借!! 耳がなけりゃ目でもいい！ 目がないなら鼻でもオーケー！ 鼻もねえなら触れに来い！ オレ様こそが腐せし産屋の王にして、千の口を持つ羽音！ 恐れ慄け、震えて逃げろ、そんで骨身に刻み込め！ 万里に轟く我が真名を――!!」

ソレの口上に呼応するかの如く、大樹から飛散する無数のハエ。耳障りな羽音を響かせながら、怒涛の勢いでダンジョン中へ拡散していく。その数は空を埋め尽くしてもなお余りあるほど。醜い羽虫の群れは禍々しい黒雲となって太陽さえも覆い隠してしまう。

そうして暗黒に閉ざされた世界にて、ハエたちが声を揃えて叫ぶその名は――

――『ベルゼブブ』――

おぞましき異形の名が、ダンジョンにあまねく木霊する。各所に散らばっていた生徒たちも、否応なくそれを耳にした。

空を埋め尽くすハエと、響き渡る何者かの名乗り——一体何が起きている？　束の間、生徒たちはただ呆けたように空を見上げる。……だが、彼らも馬鹿ではない。最初の衝撃が収まれば、じきに思い出す。教官たちが口を酸っぱくして言い聞かせてきた、魔術師としてのとある鉄則を。——『名乗りを聞いたら迷わず逃げろ』。

「——ね、ネームドだ……みんな逃げろっ‼」

最初の一人が事態に気づいた瞬間、生徒たちは一斉に駆けだす。疫病の如く伝播する混乱と恐怖。頭上を覆うハエの羽音に追い立てられるようにして、我先にとダンジョンの出口へ。混沌に支配されたその姿からは、人間らしい秩序や理性など欠片も感じられない。

そんな阿鼻叫喚をうっとりと眺めるその悪魔——ベルゼブブは満足気に笑うのだった。

「ああ、これだよこれ、こうでなくっちゃ……！」

誰もが彼の名に怯え、誰もが彼の姿に慄く。

〝ベルゼブブ〟という個が、その存在が、恐怖によってどんどん大きく膨れ上がっていく。ああ、なんと甘美な心地だろうか。まさにパーティの主役……いや、玉座に君臨する帝王の気分。木霊する悲鳴が彼を讃える喝采にさえ聞こえてくる。

ただ……どうにも気にくわないことが一つ。

「おい、わざわざ名乗ってやったんだが……てめーらはなんで逃げねえの？」

ベルゼブブが不満げに見下ろす先は、未だ彼の前に立ちはだかるガルシアたち。

それは事態を把握できていないから、ではない。

「〝ベルゼブブ〟――『屍』を依り代とする蝿の王。かつてアレイザードが使役していた一柱か。その力を見るに本物のようだな」

ガルシアの眼から見ても間違いない。眼前にいるのは正真正銘本物のネームド。すなわち、人智を超越した厄災の化身だ。……が、それを理解した上でなお、ガルシアには一歩もひくつもりはなかった。

「であれば……魔術師としての責務を果たそう」

懐からぬるりと引き抜いたのは、黒い刀身の軍用ナイフ。先ほどベルゼブブを輪切りにした得物である。

そう、軍人たる彼は知っている。眼前の脅威から身を護るための最も効率的な方法を。

それは逃げることでも、命乞いすることでもない。より単純で、より確実な方法――すなわち、殺してしまえばいいのだと。

ガルシアの全身から溢れ出る魔力。そこに躊躇など微塵もなく、あるのは静謐な殺意のみ。完全な臨戦態勢だ。……が、どうやら向こうにその気はなかったらしい。

「チッ、まあこんなこけおどし、さすがに通用しねーか」

と残念そうに舌打ちしたベルゼブブは……不意に空高く飛び上がる。そして、人の手が届かぬ遥か上空からガルシアを睨みつけた。

「へっ、てめーとやり合う気はねーよ！　正直ムカツクが、教官クラスを喰うにゃまだ力が足りねーからな！」

どうやら眼前の男が別格であることは理解しているようだ。……けれど、それは諦めの宣言ではなかった。

「っつーわけで、まずは腹ごしらえだ。ガキどもをたらふく食ってからてめーの相手をしてやる！　そんでその後は……お待ちかねのメインディッシュとしゃれこもうか！」

舌なめずりして視線を移す先は、もちろんリリス。幻素が彼女に惹かれるように、幻素由来の悪魔もまた彼女に惹かれてやまないのだろう。

その卑しい視線にリリスが中指を立てて返すと、ベルゼブブはげらげら笑って飛び去って行く。その向かう先は最も近いダンジョン出口。……生徒たちを脅したのは、騒ぎに乗じて自らも外へ出るためだったらしい。

であれば、やるべきことは決まっている。

「サリア、急ぎ警備課に状況報告。ネームド顕現を知らせなさい。くれぐれもベルゼブブ本体との交戦は避けること」

「ん！」

ガルシアは素早く娘へ指示を下す。最速の精霊である『しらねこ』を持つサリアにしかできない役目だ。

そして当然リリスたちも黙って突っ立っているわけではない。

「ったく、なんだって面倒なのばっか集まってくんのよ……！　レナ、さっさと追いかけてぶっ潰すわよあの羽虫！」

「はい、お嬢様！」

『食事扱い』などという挑発を受けたのだ。たとえ相手が悪魔だろうと、喧嘩を売られて黙って引き下がれるわけがない。早速ベルゼブブを追跡しようとするリリス。……だが、それを遮ったのはガルシアだった。

「その案は却下だ」

「は？　どういう意味？」

「そのままの意味だ。……君を行かせるわけにはいかない。私と共に学園の避難シェルターに退避してもらう」

「はあ？　何のんきなこと言ってんのよ！　あいつ、生徒を喰って力をつける気よ！」

リリスは何も感情論だけで追撃しようとしているわけではない。

ベルゼブブは明らかにこちらに目をつけていた。向こうがその気である以上、逃げ隠れしたところで多少の時間稼ぎにしかならない。むしろ、戦闘を先延ばしにすればするほどより強大になったベルゼブブとやり合うことになる。であれば、力をつける前に叩く方が合理的ではないか。

その考えを、ガルシアも否定はしなかった。

「そうだ。悪魔はカタチを喰らい力を得る。そしてベルゼブブというネームドは殊更にその特性が強い。学園の生徒を喰らい尽くせば、あれは国家級の災害となるだろう」

「それがわかってんなら——」

「——だが、それは『最悪』ではない」

いきり立つリリスを一言で黙らせたガルシアは、淡々とその続きを口にした。

「我々が何より危惧すべき『最悪』とは……君だ。アニュエス・ブラッドという至上の生贄を喰らえば、奴は国家どころか人類種そのものを滅ぼす脅威となる。魔術師として万が一にもそれだけは防がねばならん。たとえ君以外の学生すべてが犠牲になろうとも、だ」

それは一軍人魔術師としての冷静な判断。そしてガルシアは、さらにもう一つの可能性を告げた。

「何より、敵がベルゼブブだけとは限らない」

「それ、どういうこと？」

「ここは腐っても魔術学園だ。優秀な教師や生徒が数多く在籍している。いかにネームドといえど、そんな場所に単独で侵入し巣を作れると思うか？」

「……あれに手を貸してる人間がいる、って言いたいの？」

「断定はできん。……だが、悪魔は賢い。相手の弱みや望みに付け込み、手駒として操る……ネームドの真の恐ろしさはそこにあるのだ。内通者の可能性を考えないのは愚かというものだ」

それは反論の余地もない正論。もしも無理に追いかけ伏兵や罠が待っていたら……その時点で人類の危機だ。立場上ガルシアがそれを見過ごせないのもよくわかる。

だとしたら……リリスの判断は決まっていた。

「……レナ、あんた一人で追いかけなさい」

「⁉ で、ですが、それではお嬢様が……」

「このおっさんがついてる。おもりは二人もいらないわ。……みんなを守ってきなさい」

主より下される優しい命令。

それを聞いて、レナは大きく頷いた。

「……はいっ！」

そうして少年はベルゼブブの本体を追って走り出す。

その背中を見送るガルシアは、ためらいがちに問うた。

「……良かったのか？」

「は？　何寝ぼけたこと言ってんのよ、いいわけないでしょ」

いくらガルシアが護衛につくとは言っても、唯一(ゆいいつ)にして絶対の庇護者(ひごしゃ)であるレナと離れるなど、本来であれば決して有り得ない選択肢(せんたくし)だ。

だけど――

「でもね、あの子はあんたや私とは違うの。そう簡単に他人の命を割り切れない。そんなあの子に『生徒を見殺しにして私だけ守れ』なんて命令させる気？　冗談やめてよ。そんなことしたら嫌(きら)われちゃうじゃない。それだけは、死んでも御免(ごめん)だわ」

そう、リリスにとって他の生徒の命なんてどうでもいい。だが、少年にとってはそうじゃないことを彼女はよく知っていた。ここで見殺しになどさせれば、レナはきっと苦しむことになる。それだけは主人として……一人の女として絶対に許せないのだ。

「なるほど、彼が仕えるに足る器だな。……では我々も急ごう。君をシェルターに送り届けた後、私もすぐに加勢に向かう」

魔術師として冷徹(れいてつ)な判断を下しはしたが、彼とて血の通った教師でもある。いくらアニユエス・ブラッドの護衛とはいえ、生徒をネームドと戦わせて平気なわけがないのだ。

だが、レナの身を案ずるその言葉に対し、リリスはきょとんと首を傾げた。

「加勢……？　何の話してんの？」

「？　決まっているだろう、レナ君のだ。賢い彼であれば時間稼ぎに徹してくれるだろうが、それでも単独でネームドと戦うなどあまりにリスクが……」

と言いかけた言葉を、リリスは『ああ、そのことね』と遮った。

「ごめん、その発想すらなかったわ。でも心配なんかしないでいいわよ」

大切な少年のことだというのに、リリスは適当とさえ思えるほどあっさり断言する。

その根拠は、実に明白だった。

「だって――私のレナは誰にも負けないから」


――――……

――……


『スピカ寮』のとある一室に、二人の幼い少女たちがいた。

一人はぼーっと夢見るような表情の少女。にこにこと幸せそうに微笑んでいる。

そしてもう一人はといえば……そんな友達を庇うように抱きしめながら、涙目で震えていた。その理由は簡単——彼女たちの眼前には、ソレが立っているから。

「ああ……いいな、実にいい。ここにはうまそうなガキがわらわらいやがる。まさに天国ってやつだ……！」

上機嫌に独り言ちるソレ——ベルゼブブは、壁際に追いつめられた童女たちを見据える。

「中でもお前らは格別だ。アニュエス・ブラッドほどじゃねえが、いい匂いをプンプンさせていやがる！　あの野郎が言ってた『新世代』……いや、『終わりの世代』ってやつか？　ああ、たまんねえ。食いてえなあ。食っていいかなあ？　いいよなあ？　二匹ぐらいばれやしねえよなあ？　——よし、食っちまおう」

などとぶつぶつ呟きながら、怯える少女の顔をぐっと覗き込むベルゼブブ。そして囁くように問いかけた。

「なあお嬢ちゃんたち、自分が死ぬ瞬間ってやつをイメージしたことはあるか？　どんな気分だと思う？　手足をもがれ、喉を潰され、内臓に卵を植え付けられて、オレ様の幼虫に内側から喰われていく感覚ってやつはよお？　——さあ、想像しろ！　助けなんて来ない。すぐには死ねない。自分のはらわたが喰われる音を聞きながら、終わらない痛みにのたうち回り、潰れた声で殺してくださいと懇願する……そんな死にざまをよぉ!!」

執拗に恐怖を煽るベルゼブブの姿が、徐々に変貌していく。手足は残忍な獣の四肢となり、拉げた蝙蝠の翼が生え、肉という肉が雄々しく膨張して……もはや人型すら留めぬ異形の怪物に。おぞましいその姿を見せつけられた少女は、ただ言葉にならぬ泣き声を漏らすだけ。

『恐怖』こそが何より彼らの存在を強くする。こうして獲物を脅すのは、人間が食材を調理するのと同じなのだ。

……と、その時だった。不意に背後から聞こえてくる小さな足音。思わず振り返れば——そこには見覚えのある少年が立っていた。

「なんだよ、さっきのガキじゃねえか、意外と早かったな。……だがちょうどいい、これからこのチビどもを食い殺すところだ。次はお前だから、よーく見とけよ？」

現れたその少年——レナに向かって、ニタニタと人外の笑みを浮かべるベルゼブブ。彼にとっては前菜が一品増えただけのこと。喜びこそすれ、動揺などする道理はないのだ。

……けれど、対するレナは何の反応も示さない。それどころか、ベルゼブブの横を堂々と素通りして少女たちの傍らに歩み寄る。そして……二人の少女を優しく抱きしめた。

「よく頑張りましたね、もう大丈夫ですよ。何も怖くありませんからね」

穏やかに、朗らかに、赤子をあやす母親のように抱擁するレナ。たったそれだけで、泣きべそをかいていた少女の表情が和らいでしまう。

……が、現実の状況は何一つ変わってはいない。

「あ？　てめえ、なにシカトこいてんだ？　全然大丈夫じゃねーし、怖くなくねーから」

折角の恐怖を台無しにされ、苛立ちをあらわにするベルゼブブは……しかし、すぐに思い直した。なぜなら、もっといい調理法を思いついたからだ。

「……いや、これも一興ってやつか？　ククク……ほらガキども、よーく見とけ～！　助けに来てくれたおにーちゃんが、内臓ぶちまけて無様にくたばるところをよ～!!」

ピンチに登場した救世主――これで助かると安心した直後に、それが目の前で殺されたとしたら……一体子供たちはどれだけ恐怖するだろう？　その絶望の味を想像するだけで唾液が湧き出て腹が鳴る。ああ、もう一秒だって我慢できない。だから――早速調理を始めよう。

「っつーわけで……死ね！」

刹那、少年めがけて凄まじい業火がほとばしる。

詠唱でも儀式でもない、ただの悪罵。にもかかわらず、起動したのは間違いなく大魔術級の攻性魔法。魔術の常識を無視したこの異常現象は、しかし、ある意味で至極当然だった。

なにせ、悪魔とは元より幻象界由来の存在。それ自体が幻素の塊でできている。つまり——人間と違って悪魔には、幻素を操るための術式など必要ないのである。

「なぜオレ様たちが厄災と呼ばれるか、これでわかったろ？　人間どもが必死こいて使う大魔術も、オレ様にとっちゃケツを掻くより簡単なことなんだよ！　いい勉強になったなあ？　……って、もう聞こえてねえか！　ギャハハハハハ——！」

一瞬にして少年を消し炭にしたベルゼブブは、腹の底から笑い転げる。

……が。

「ハハハハ…………は？」

煙が晴れた後、そこに聳えていたのは砂のドーム。中から現れたのは……無傷のレナの姿。——ネームドの火力を以てしても、少年の防壁はこゆるぎもしなかったのだ。

そして今の一撃は、少年に厄介な気づきを与えてしまったらしい。

「なるほど、ご自身が幻素の塊のようですね。であれば……使った分だけ減ってしまう、ということでしょうか？」

悪魔とは幻素そのもの。ゆえに幻素を呼び出し使役する術理……すなわち魔術なしで魔法を行使できる。だが、言い換えればそれは自分自身を削って魔法に変換しているという こと。だとすれば、レナにとっては好都合。なにせ守っているだけで勝てるというのなら、

これ以上に与しやすい相手はいないのだから。

けれど、当然それに気づいているはずのベルゼブブは、焦るでもなくへらへら笑っていた。

「へー、良い読みじゃねえか。クソガキ君に百点！　……でもなあ、それは他のゴミどもの話。オレ様だけは例外なのさ！　ほら、よーく見てみろよ？」

そう囁く間にも、ベルゼブブの肉体がさらに肥大化していく。より大きく、より禍々しく。みるみるうちに変貌を遂げるその姿は、見掛け倒しのハッタリなどではない。明らかに幻素体としての総量自体が増加している。

つまり――

「殖えている……？」

「その通り！　オレ様は腐海を統べる産屋の王！　いくらだってオレ様自身を産めるのさ!!」

幻象界という無限のリソースから、自分自身を産み落とし殖える権能――それこそが悪魔ベルゼブブの持つ力。わざわざダンジョンに隠れ潜んでいたのは、十分に増殖する時間を稼ぐためだったのだ。……しかも、悪魔の真骨頂はそれだけではなかった。

ぷつぷつ――と聞きなれぬ音が響く。

その発生源である足元に目をやれば、残っていた砂壁の残骸がじわじわと溶けていく。

……いや、正確にはそうではない。目視困難なほど微小なハエの群れが、砂の壁をせっせと齧っているのだ。先ほどからの異音はその咀嚼音らしい。

「砂を喰うハエを見るのは初めてか？　……ま、そりゃそっか。なんせオレ様が今産んだんだからなあ！」

『産む』という行為の本質――それはすなわち、『適応』の一言に集約される。環境や外敵に合わせ不要な能力をカットし、必要な能力を獲得する柔軟性。世代交代という一見不効率な継承法は、その適応能力を担保するのに最も効果的なやり方なのだ。

そしてベルゼブブは、単体で自分自身を産み殖やせる。それが意味することは実に簡明。どんな相手だろうと、ベルゼブブは後出しで対応できるということ。特に、レナのような一芸に特化した術師にとって、その相性は最悪そのもの――

「さあ、もう一度遊ぼうかい？」

ぎらつく悪魔の瞳。再びレナを襲う業火。子供たちを守るべく全方位に展開する防壁。そこまではまさに先ほどの再現。……が、その時点で勝敗は決まっていた。砂のドームへ一斉に砂食い虫が張り付き、むしゃむしゃと喰らい始める。対レナのためだけに産み落とされた虫たちは、一心不乱に己が使命を遂行するだけ。それに対しレナができることなど何もない。そう、結局は地上における生物史と同じ。どれだけ強大な力を持っていようと、一つの特性に先鋭化した生物は最後には柔軟に進化を重ねる虫の餌場となる運命なのだ。

わかり切った結末を前に、ベルゼブブはにまにまとほくそ笑む。防御力が自慢のようだったが、こうなってしまえばむしろ逆効果。袋の鼠とはまさにこのこと。ほら、無様に閉じこもっている間にも、どんどん侵蝕が広がって…………いかない。

「あん？」

侵蝕の速度がいやに緩やか……というか、遅すぎる。

その原因は明白——砂を食べているハエたちの腹がぱんぱんに膨らんでいるのだ。砂を分解できる特性を付与して産んだはずが、なぜかそれが働いていないらしい。しかも、それだけではない。満腹になったハエたちがふわりと浮き上がったかと思うと、そのまま砂壁の一部として飲み込まれてしまう。ハエのことなどまるで意に介さず、体内の砂ごと操っているのだろう。

だが、それは絶対に有り得ないこと。どれだけ小さくてもハエはベルゼブブの分身だ。そのハエに食われた時点でどんな幻素もベルゼブブの支配下になるはず。だというのに、なぜまだ砂を操作できるのか。

いや、そもそもの話——

（……このガキ、幻素使ってなくね？）

魔術戦において、扱う幻素とは次の行動を示す手札そのもの。ゆえに、全く別の幻素をダミーとして使うことで本命を隠す技術というのは存在している。これまで何千もの魔術師と戦ってきたベルゼブブも当然それぐらいのことは知っている。

だが、眼前のコレはそんな小手先の隠蔽とは話が違う。現に砂を喰ったからこそわかる。彼の動かす砂には欠片の幻素も含まれていない。にもかかわらず、少年は当たり前のような顔で砂を操作しているのだ。そう、まるで……ベルゼブブが分身たちを操るのと、そっくり同じように。

だとしたら、考えられる可能性は一つ——

「そのガントレット、まさか『神装』か……?!」

幻素を介すことなく地上で奇跡を起こせる例外中の例外——それこそが『神装』。世界が『現象界』と『幻象界』に分かたれる以前……神代と呼ばれる黎明期の遺物である。

無論、現存する神装は数えるほどであり、そのほとんどを上位魔術師家系が独占している。一介の学生風情が持っていていい代物ではない。だが事実、アレは神装だ。そうとしか考えられない。

であれば……対処法は決まっている。

「——あーあ、やーめた」

投げやりに呟いたベルゼブブは、ぱたりと攻撃をやめてしまうのだった。

「ったく、ガン待ち野郎の相手なんかしてられっかめんどくせー。他の餌でも漁ってくるわ！」

言うが早いか、ベルゼブブの全身がばらばらに分離する。無数のハエに姿を変えたベルゼブブは、まるで生きた嵐そのもの。砂塵の如き虫礫に加え、耳障りな羽音とひどい腐臭をまき散らしている。……レナに追跡されないよう、五感を潰すための目くらましだ。

『ケケケ、じゃあなクソガキ！　てめーはそこで一生ひきこもってろ！』

捨て台詞と共に寮の外へ向かう虫の群れ。レナとの戦闘は時間の無駄だと判断し、代わりに生徒を襲いに行ったのだろう。……と、状況を見れば誰もがそう思う。そして、それこそがベルゼブブの狙いだった。

（——さあ、焦れ焦れ！）

五感を潰した上での逃走宣言。それを聞いたレナは焦って追いかけようとするはず。なにせわざわざ自分を追ってきた少年だ、きっと『皆を守るために戦わなきゃ』なんて考えているのだろう。その青臭い正義感こそが致命的な隙だとも知らず。

そう、確かにあのガントレットは厄介だ。だがいかな絶対防御の神装であろうと、使用者の意思が必要である以上、不意打ちに対しては無力。焦って追いかけようと防御を解いたその隙に仕留めればそれでいいのだ。

　そして、その策略は見事に成功した。五感を奪われ焦った少年は、こちらを追いかけようと砂の防壁を解除している。

（馬鹿なガキが！　てめーとは経験がちげえんだよ！）

　途切れ途切れとはいえ、六千年生きて来たベルゼブブ。この手の化かし合いで人間風情に負ける道理なし。ましてやあの平和ボケした善良そうな子供一人、手玉に取るなど造作もない。

　内心でほくそ笑みながら、ベルゼブブは産み出したばかりの猛毒種のハエを少年の背後へ忍ばせる。そして、無防備なその首へ致死毒の針を突き立てて――

「――逃げるのではなかったのですか？」

　少年の唇から零れたのは、囁くような問い。

　と同時に、死角から迫っていたはずの毒バエがあっさりと掴み止められた。

（あ⁉　こいつ、なんで見えて……⁉）

　想定外の事態に動揺するベルゼブブは、しかし、じきに気づく。

　少年の背後にふわふわと浮かぶ『あるもの』……それは、宙空に忽然と置かれた眼球。

　それも、一つじゃない。あっちにも、こっちにも、砂でできた『目』や『耳』が浮かんでいる。そのいずれもが人間の感覚器官よりもずっと優れた動物のもの。これを使って虫嵐の中でもこちらの動きを感知していたのだろう。

「てめえ……！」

「？　何を驚くのですか？　あなたも同じことをしていたのでは？」

少年の言うように、ベルゼブブは小さなハエを細胞の如く寄せ集めることで一個の生命体として成立している。その点で言えば、確かに驚くようなことは何もない。少年はハエを砂に置き換えてその真似事をしただけなのだから。

だが……

「それが問題だってんだよ……！」

ベルゼブブはそこらのちんけな魔術師ではない。人智を越えた超常の厄災——ネームドだ。そんな自分と同じことができてしまう……それこそが何よりもあってはならない異常なのだ。

——こいつは、何かがおかしい。

「チッ……調子乗んなよクソガキが!!」

焦燥感に駆られるがまま、再び一つに戻ったベルゼブブは魔法を乱れ打つ。……が、それでは砂の壁は越えられない。

しかも……

「増殖の速度が落ちていますね。やはり食事は必要ということでしょうか？」

容易く攻勢を捌きながら、冷静に分析するレナ。

ベルゼブブはダンジョンの大樹内に大量の死肉をストックしていた。『屍』を贄とするベルゼブブにとってはあれこそが原動力なのだろう。それはつまり、増殖は無制限ではないということ。既に食っている分が尽きれば、もう殖えることもできないのだ。

そしてそれは事実だった。

「クソが、餌が足りねえ……！」

このままではジリ貧だと悟ったのだろう。再び分散するベルゼブブ。今度は騙し討ちのためではなく、本当に退却するための分離だ。実際、数万ものハエにわかれてしまえばすべてを捕まえるなど不可能。逃げに徹しさえすればこの程度の窮地どうということはない。

……だが、その時だった。

少年が静かに両手を持ち上げたかと思うと、そっと胸の前で指を組む。どこの宗派のもの、というわけでもない。ただ静かに両掌を合わせ、目を閉じる――それはヒトという生物が産まれた時から知っている、共通にして最古の術式……〝祈り〟。

それを見た途端、ベルゼブブの全身に悪寒が走る。なぜならそれは紛れもなく、彼が初めて見せる本気(術式)の構えなのだから。

『綴継幻創(パッチフェイク)──擬典(レプリカント)：屍蠱王(ベルゼブブ)』

少年がそう囁いた瞬間(しゅんかん)だった。彼を取り巻く砂がさざ波の如く蠢(うごめ)き立つ。そして四方へ飛散したかと思うと、少量ずつ集まって何かを形作り始めた。

半透明(はんとうめい)な二枚の羽に、頭部の大部分を占(し)める大きな複眼、せわしなくこすり合わせる六つの脚(あし)……造り出されたソレは、他でもないハエの群れ。ベルゼブブの分体とそっくり同じ形状をしている。ただ、一つだけ違(ちが)うのは……少年が造ったイミテーション(模造品)の方が、オリジナル(ベルゼブブ)よりもずっと大きく、ずっと多いという点だろうか。

となれば、その先に起きることは必然──砂のハエたちが、一斉にベルゼブブへと襲い掛(か)かった。

「なっ……?!」

四方八方へ逃げ去ったベルゼブブの分身たち……その一匹一匹を追いかけ、追いつめ、捕食(ほしょく)していく砂のハエ。圧倒的(あっとうてき)な数の差に反撃(はんげき)もままならず、分体は瞬(また)く間に贋作(がんさく)によって食い散らされる。そう、少年には一匹たりとも逃がすつもりなどないのだ。

……だが、それは一手遅かった。

あっという間に九割の分身を失いながらも、一部はどうにか窓からの離脱(りだつ)に成功する。

広い外にさえ出てしまえば逃げ切るのは容易。撤退判断の早さが奏功したのだ。……が、安堵するその胸に、ふと小さな疑問が湧く。

——どうして外がこんなに暗いのだろう？

寮を襲撃した時はまだ昼だった。あれから三十分と経っていないはずなのに、いつの間に夜になったのか？　降って湧いた疑問の真相は、しかし、すぐに明らかとなる。……もっとも、ベルゼブブにとってはわからないままの方が幸せであったが。

「……おい……嘘、だよな……？」

暗闇の正体に気づいた瞬間、ベルゼブブは言葉を失う。暗いのは夜になったから、ではない。ただ太陽が隠れているだけ。そしてそれを覆い隠しているのは……有り得ないほど大量の砂。

——寮の敷地全体が、すっぽりと巨大な砂のドームに覆われているのだ。

少年が操れる砂の総量は、せいぜい小屋一棟分程度……ベルゼブブはそう思っていた。現に彼はそれしか使っていなかったし、常識的に考えればそれぐらいが適量というもの。

だが、違った。彼はただ都合よく思い込んでいただけ。それも、蛙が住処の井戸を世界のすべてと思い込む寓話と同じぐらい、甚だしくも滑稽に。

そう、ここにおいて事実は明らか。ベルゼブブは最初から捕らわれていたのだ。ちっぽけな少年の、大きすぎる掌に。

そして……絶句するベルゼブブの背後から、その声は響いた。

『――汝、楽園を踏み躙るものか？』

静かに投げられる問いかけ。それは紛れもなく少年の口から発されたものだが、その声音にいつもの温かみはなく、あるのはまるで人形が喋っているかのような無機質さのみ。

明らかに様子がおかしい。

（こいつ、まだ何か奥の手を……⁈）

少年の異変を前に、本能的に危機を感じ取るベルゼブブ。けれど、今の彼にはもう戦う手段も逃げる方策も残されてはいない。

ゆえに……ベルゼブブは決意する。本当の奥の手を、今こそ使う時だと――

「――ひ、ひぃぃい、こ、殺さないでくれよ～！　おいら反省したからさあ、このまま見逃してくだせえよ～！　もう幻象界に戻るのは嫌なんだ！　あそこは何もない！　自分さえも存在しない恐ろしい世界だぁ！　おいらは地上にいたい、ただそれだけなんだよぉ～！」

ベルゼブブの奥の手とは……命乞いである。

どんなに無様でもいい。生きられるのならプライドなど安いもの。一縷の望みにかけた決死の懇願は……しかし、意外にも見事に成功した。

「そうですか、反省したのですね。では二度と人を害さないと約束できますか？」

と優しく尋ねるレナは、既にいつもの穏やかな少年に戻っている。……ベルゼブブは内心でほくそ笑みながら頷いた。

「もちろんでさぁ！　おいら、心を入れ替えて人間様のために尽くすよ～！」

「そうですか、それはよかった」

あっさり信じたのか、少年は笑顔で背を向ける。――次の瞬間、その首めがけて襲い掛かるベルゼブブ。

だが、卑劣な鉤爪が少年に届く間際、ベルゼブブの全身をふわりと砂が包み込んだ。

「――あ？」

「残念です……本当に」

悲しげに俯く少年。そして……ぎゅっ。

一瞬で収縮する砂の衣。その内側では無様な悲鳴が漏れたような気もするが、それはきっと空耳というやつだろう。魂までも圧殺する砂塵の棺は、最期の断末魔すら逃さないのだから。ゆえに、ベルゼブブの運命を物語るものはただ一つ。砂からじわりと滲み出る、薄汚い羽虫の血だけ。

――結末はいともあっけないものだった。


かくしてネームドを倒したレナ。……しかし、その顔に勝利の喜びはない。

なぜなら、今の戦いで一つ感じたことがあるのだ。それはとてもシンプルな感想――あまりにも、弱すぎる。

悪魔とは人間を脅かす厄災にして、人知の及ばぬ邪悪の化身。であれば、あの程度であるはずがない。もしもそこに考えられる可能性があるとしたら――

「――お嬢様……！」

レナは脇目もふらず駆けだすのだった。

第五章 ✲ ――命と器――

学園東棟一階。

ガルシアに護衛されながら、リリスはひたすらに廊下を駆けていた。悲鳴の木霊する校内では、あちこちで火の手があがっている。攪乱のためにベルゼブブの分体がつけて回ったものだろう。鳴り響く警報からして、サリアは無事報告を遂げたようだが……いかんせん相手は分離と集合を得意とするベルゼブブだ。個にして群たる性質上、掃討するのは容易ではない。警報が一向に止まないことを見るに、対応する教員や上級生たちもかなり手こずっているようだ。

だがそんな窮状を理解してなお、ガルシアの足取りに淀みはない。『アニュエス・ブラッドの保護』という最優先事項を完遂するまでは、立ち止まるわけにはいかないのだ。

そしてとうとう、二人は目的の場所に到達した。

「……ここだ」

ようやく足を止めたそこは、東廊下の一番端。一見すると行き止まりのようだが……壁に手をついたガルシアが何事か呟いた瞬間、扉（とびら）の紋様（もんよう）が浮かび上がる。――学園寮と同じ隠し部屋への入り口だ。

「ふぅん、こんな仕掛（しか）けがあったのね」

「教員のみが知っている緊急避難（きんきゅうひなん）用のシェルターだ。中は聖域化されている。ネームドといえど容易に手は出せんはずだが……そのぶん解封（かいふう）に時間がかかる。少し待て」

それだけ厳重な結界なのだろう。大人しく解除作業を待っていたリリスは……そこでふと、背後に人の気配を感じる。振（ふ）り返ってみれば、廊下の隅（すみ）で座（すわ）り込んでいる生徒の姿が目に入った。

「ねえあんた、大丈夫？」

既にこの辺りの避難は終わっているはずだが、恐らくは逃げ遅（おく）れてしまったのだろう。リリスは普段（ふだん）より柔（やわ）らかめに声をかける。……だが、返事はない。ひどく怯（おび）えているのか、生徒はうずくまったまま震（ふる）えるばかり。

「ねえ、ちょっと！」

仕方なくもっと近寄ったリリスは……そこで初めて、生徒の顔に見覚えがあることに気づいた。

「！　あんた……アーノルドじゃない！」

震えるその生徒は、魔獣使いのアーノルド＝ブランドン。二度もぶちのめした相手だ、さすがのリリスでも顔と名前は憶えている。……が、異常なほど怯えた様子のアーノルドは、リリスの存在にも気づいていないらしい。

「……な、なんであいつが……どうして……?!　……違う、俺じゃない……俺は悪くない……！」

うわごとのように繰り返すのは、言い訳めいた自己弁護。それが一体何を意味しているのか、リリスが気づくまでそう時間はかからなかった。

「『あいつ』……？　ちょっと待って、それって……ベルゼブブのこと⁉　あんた、まさか……！」

リリスの頭をよぎるのは、先ほどガルシアから聞かされた『内通者』の存在。リリスが強く詰問すると、アーノルドは悲鳴をあげる。

「ひっ……こ、怖かった、怖かったんだ……！　あいつを呼び出したことが知られたら、俺もブランドン家もおしまいだ……！」

「だからって、なんて馬鹿なことを……！」

やはり手引きしたのはこいつか。ネームドを召喚してしまった大罪を隠すために隠蔽に協力したのだろう。今更責めても仕方ないことだが、ただで許すなんて気が済まない。とりあえず一発ぶん殴ってやろうと拳を固めるリリス。

……が、彼女の予想は一つだけ外れていた。

「ほら、歯ぁ食いしばんなさい!!」

「ひぃっ！　ま、待ってくれ、違う、違うんだ……！」

「何が違うってのよ！　あれを呼び出したのはあんたでしょ！　そのせいで私が迷惑してんのよ！」

と襟首を掴まれ揺さぶられるアーノルドは、それでも必死で声を絞り出す。

「た、確かに呼び出したのは俺だ！　……けど、俺には誇りがある……！　保身のために悪魔を野放しにするなんて、ブランドン家の男がやることじゃない！　だ、だから、だから——報告したんだ！」

「……は？」

想定外のその言葉に、リリスの手が止まった。

「報告って……教官に？」

「ああ、そうだ！　ちゃんと教官に報告して、対処してもらったんだよ！　『全部解決した』って、そう言われた！　なのに、なんでまたあいつが……?!」

殴られないように吐いたその場凌ぎの嘘……ではない。すっかり動揺しきったその表情は、とても演技で繕えるようなものではないのだ。恐らくは本当に通報していたのだろう。

だとすれば——

「答えなさい！　報告って、一体誰にしたの⁉　あんた以外に誰があいつの存在を知っていたの⁉」

「そ、それは——」

リリスの詰問に答えようと、震えながら唇を開くアーノルド。

……だがその返答は、本人の口からもたらされた。

「——あまり追いつめてやるな。アーノルド少年に非はないのだから」

背後から響く落ち着いた声音。

その主は……相変わらず平静なガルシア教官。まるで凪いだ湖の如く泰然と佇むその姿は、いつも教室で見る彼と同じ。ただ、一つだけ変わったことがあるとすれば……その静謐な瞳の奥に、凍えるような『敵意』が瞬いていること。

答えなどそれで十分——アーノルドが口にしようとした名前こそ、眼前のガルシアのものだったのだ。

「……ふぅん、全部あんたが仕組んだことだったってわけね」

彼が何を企んでいるのか、理由も動機も皆目不明。だが、ベルゼブブの襲撃が計略の一環であるとするならば……その目的には見当がつく。

「ネームド使ってまでレナを引き離したかったってわけ？　そんなにあの子が怖い？」

嘲るようなその問いに、ガルシアは臆面もなく頷いた。

「ああ、怖いな。アレは恐らく理外の存在。最優先で排除すべき障害だ」

「ご慧眼ね。そこだけは評価してあげる。でも、私がレナだけを行かせなかったらどうするつもりだったの？」

「それは心配ない。君たちの関係性を見ていればあの選択をするというのは明らか。仮にそうでなかったとしても、別の手段を取っていただけのこと。何より……戦場において『たられば』の話に意味はない」

淡々と答えるガルシア。だがその簡潔なやり取りだけではっきりわかる。ここは彼にとって既に戦場――つまり、今ここで事をなすつもりなのだと。

……けれど、ここには張り詰めた状況にそぐわぬ部外者が一人いた。

「せ、先生、一体どういうことですか……？　なぜあいつが……!?」

狼狽した声で問うのはアーノルド。どうやら完全に話に置いていかれているらしく、迷子の子犬の如く怯えている。

そんな哀れな少年に、ガルシアは意外にも真っ直ぐ向き直った。

「すまない、君を利用させてもらった。だが、負い目を感じる必要はない。むしろ逆……君は実に誇り高い選択をした。己が名誉や家の存続よりも、悪魔によって脅かされるかもしれないその他大勢を選んだのだ。それは容易にできる選択ではない。胸を張っていい」

とアーノルドを慰めるその姿は、冷徹なようでいて生徒想いないつもの彼と同じ。そんなガルシアは『だから』と言葉を継いで――次の瞬間、二人の背後に立っていた。

「――少し休んでいなさい」

背後からの囁きに、咄嗟に跳び退くリリス。だがガルシアはそちらへは目もくれず、逃げ遅れたアーノルドの頭に手を乗せる。……その瞬間、アーノルドは即座に意識を失い昏倒した。

「さて、これで状況がすっきりしたな」

気絶したアーノルドを床に寝かせたガルシアは、今度こそリリスに向き直る。

「というわけで交渉だ、リリス＝アレイザード。大人しく私と来れば命までは――」

と言いかけた刹那、ガルシアは大きく跳び退いた。――返答よりも先に返ってきたのは、巨大な炎蛇だったのだ。

「……やれやれ、口より先に手が出るか。レナ少年も苦労することだろう。……せめて理由ぐらい聞いたりはしないのか？」

ネームドを利用してまでアニュエス・ブラッドを求める理由。この男が何を目的としているのか、それが気にならないのかと問われれば——彼女の答えはこうだ。

「微塵も、欠片も、これっぽっちも興味ないわ！　あんたは悪魔と手を組むクソ野郎で、私の敵。それだけわかれば十分でしょ！」

と怒気満面で吐き捨てるリリス。

彼女はレナとは違う。敵の事情などいちいち気にしていられるか。くだらない動機など聞く暇があるのなら、その顔面をぶん殴る方がよほど有意義な時間の使い方というもの。

そして何より——彼女は今、すこぶる機嫌が悪かった。

「悪いけどね、私、今すごく腹が立ってるの。お行儀よくおしゃべりとか無理だから」

「傷つけてしまったか？　それはすまない」

教師でありながら生徒を騙す。当然信頼を踏みにじる行為だ。……が、返ってきたのは『はあ？』という不機嫌な声。

「キモい勘違いしないで。私が腹を立ててるのはね……私自身に対してよ！」

と、リリスは心底苛立たしげに唇を噛んだ。

「ベルゼブブが逃げたあの時、あんたは『最悪』を防ぐって言ってた。だけど、それならもっと確実なやり方があったわ。——あの場で私を殺すことよ。そうすれば、それこそアニュエス・ブラッドを喰われる可能性はゼロになる。当然あんたがその結論に思い至らないわけがない。なのにそうしなかった。なら答えは一つ――あんたも私を利用するつもりだったから、以外ないでしょ。……まったく、こんな簡単なことに気づかなかったなんて。自分の馬鹿さ加減に嫌気が差すわ」

と溜息を吐いたリリスは……それから眼前のガルシアを睨みつけた。

「ってことで……八つ当たり、させてもらうわよ！　符術・織神――『閃斬鴻』!!」

気炎と共に少女の指先が織り成すは一羽の白鳥。美しく翼を広げたその鳥は、目もくらむほどの鋭い閃光となり一直線にガルシアへ牙を剥く。そして……

「――『anvl - tntrm』」

刹那、現出する雷閃。それは『閃斬鴻』とぶつかると、凄まじい爆発を引き起こして対消滅する。超常の火力を誇るリリスの符術が、僅か二単語の詠唱で相殺されたのだ。

そしてそれは激戦の狼煙にすぎなかった。

「なるほど、命を狙われ続けていただけはある。その齢で微塵も戦闘に臆さぬか。だが……あまりに儚い」

爆煙に紛れ一気に肉薄するガルシア。だが、リリスとてそれぐらい想定済み。同じく煙に紛れて仕掛けておいたトラップが即座に起動する……はずだった。

「──それはもう見た」

起動の間際、空中に粉塵のようなものが舞う。微量の幻素を含んだそれは、ガルシアの手から撒かれた遺灰だ。すると、起動しかけていた呪符が次々と煙をあげて機能不全を起こし始める。──リリス捕縛を目的とするガルシアが、呪符への対抗策を用意していないはずがない。

そうしてガルシアが抜き放つのは、鈍く仄光る黒曜石の短剣。トラップは無効化され、既に呪符を折ることもかなわぬ間合い。であれば──と、リリスもまた袖口に隠してあったナイフを構える。近接対策がトラップだけだなんて一言も言っていない。こういう時に備えて鍛錬は積んである。……が、それはあくまで護身術の範疇。実際の戦場で猛者たちの首を刎ねてきたガルシアにとって、そんなものは児戯に同じだった。

たった三手──僅か数秒でナイフを弾き飛ばしたガルシアは、返す四手目で少女の首を狙う。迫り来る致死の刃。確実な死を予感した少女は……あろうことか一歩前へ。自分から白刃へと踏み込む。その錯乱ともとれる行動は、しかし、奇妙な結果を引き起こした。

首を貫きかけたその刃を、ガルシアがすんででひっこめたのだ。自ら死にに行く少女と、それを阻止するガルシア。まるで互いの動きがあべこべである。だが、いずれにせよガルシアの攻勢は止まった。その隙に素早く呪符を炸裂させたリリスは、煙に紛れて大きく距離を取る。

「……肝が据わっているな。わかっていたとしても、なかなかできることではない」

不意に訪れた幕間。ガルシアが静かに讃えるのは、先ほどの蛮行について。否、蛮行と呼ぶのはリリスにとって本意ではないだろう。彼女はわかっていたのだ。ガルシアの作戦目標が『殺害』ではなく『確保』であると。

そう、ガルシアが首を刺しに行ったのは、あくまで自衛反射によって庇うであろう利き手を狙ったフェイク。呪符を扱う両手さえ無力化できれば、制圧など達成したようなものだからだ。……だが、彼女はその狙いを見抜きあえて踏み出した。人体の防衛本能を理性で制することにより、逆にナイフを収めさせ隙を作り出したのだ。歴戦のガルシアから見ても敵ながら大した度胸と認めざるを得ない。

だが……

「ただ、感心はしないな。君を狙う者がみな君を殺せないと思っているのなら、それは大きな間違いだ。アレイザードの資料によれば、君の血液は抽出後十五分程度なら効力を保つという。ただ一度のみ即座に使用するのであれば、君を殺しても問題ないということだ」

アレイザードがため込んでいた膨大な研究成果——それらは今、彼を打倒した『百血同盟』の掌中にある。ガルシアもまた同盟員である以上、その内容を閲覧しているのは当然のこと。彼の言葉は事実として正しい。

けれど、リリスはそれを鼻で笑い飛ばした。

「何偉そうに説教垂れてんの？　現にあんたは私を殺せなかった、それがすべてじゃない。

だって……戦場において『たられば』の話に意味はない、でしょ？」

それはあからさまな先ほどの意趣返し。最強クラスの軍人魔術師に対し実力不足など百
も承知。身を削らず勝とうなどと元より考えてはいないのだ。

痛烈な反撃を被ったガルシアは……むしろ愉快そうに笑った。

「ふっ、確かにその通り。事実、私も君を丸ごと欲しいのが本音だ。やはり保険は必要だ
からな。自分自身をも利用するその姿勢、卑怯とは言うまいよ」

と素直に認めるガルシアだが、その言葉には続きがあった。

「だから……私のことも、卑怯とは言ってくれるな」

囁きと同時にぬらりと抜き放たれたのは、奇妙な灰白色をした一振りの剣。……それを
眼にした瞬間、リリスの全身が激しく粟立つ。

アレは、まずい――全身で感じる刺すような悪寒。だが、だからこそ臆さない。

「符術・織神――『火難蛇』!!」

先手を取って撃ちだすは、三枚重ねの火力砲。ガルシアが抜いた剣は間違いなく高位の魔装。であれば後手に回る選択肢はない。攻撃か、防御か、それ以外か――この攻撃で剣の性能を見極めなければ。

……だが、そんなリリスの思惑は失敗に終わる。なぜならガルシアは……何の抵抗もすることなく、真正面から炎の蛇に飲み込まれたのだ。

「っ……!?」

巻き起こる凄まじい爆炎。間違いなく直撃だ。……いや、そのはずだったのに――

「……冗談でしょ？」

思わず零れる呟き。それを否定するかの如く煙の向こうから姿を現したのは……他でもないガルシア。それも、着衣にすら焦げ跡一つない完全な無傷だ。

相殺でも、回避でも、軌道をそらすでもないのだとしたら、彼がやったのは……

「……すり抜けた……？」

「素晴らしい状況判断だ。満点をやらねばな」

『透過』――まるで最初から蜃気楼だったかのように、ガルシアはただするりと攻撃をすり抜けてしまったのだ。

そして平然とそれを肯定したガルシアは、どこかで聞き覚えのある単語を口にした。

「神獣――と呼ばれる神代に生きた獣のことは知っているな？」

「……何よ急に。生物教師に鞍替えしたわけ？」

挑発的に返すリリスだが、ガルシアは最初から答えなど聞いていないかのように淡々と言葉を継ぐ。

「神代とはすなわち、世界が『現象界』と『幻象界』にわかたれる以前……未分化の時代だ。その黎明には『神』と呼ばれる可能性の集合体のみが存在した。そして神獣とは神より捨象された可能性の具現。ゆえに、神獣は己が権能において世の理さえ超越する。そんな神獣の一つに、こう呼ばれるものがいた。――ウィツィロ＝シャウ＝ウィトリ。またの名を『第九象限を泳ぐ鯨』。……その異名通り、かの獣は事象の表と裏を自在に渡ることができたという」

と静かに教示するガルシア。無論、神学にも生物学にも興味のないリリスにとってはどうでもいいこと。そもそも、とうに絶滅した神獣の話に何の意味が……と一蹴しかけたリリスは、そこでふと思い出した。

「……ああ、そういやあんた、陰気な異名もってたわね……！」

たどり着いたその答えを、ガルシアは静かに肯定した。

「そうだ、私はネクロマンサー――死面を被り演ずる墓所の道化。骸があれば騙ってみせよう。たとえそれが神代に生きた獣であろうとも、な」

リリスはようやく理解する。白く濁った奇妙なあの剣が、一体何からできているのか。メノウでも、水晶でも、大理石でもなく、その剣を形成しているのは――

「骨剣『遡虚涅』――子供相手に使うのは初めてだな」

神獣の骨より形作られし濁白の刃……それは主の掌の中で静かに光を湛えていた。

「ふぅん、なんでもすり抜けられる神獣の力ねえ……大層なものね。でもそんな簡単にネタバラシしちゃっていいわけ？」

「既に気づいていたのだろう？　採点は教師の責務だ。何より……」

と呟いたガルシアは、既に一歩踏み出していた。

「――わかったところで、意味はない」

刹那、静かに肉薄するガルシア。咄嗟に反撃の呪符を放つも、それに対しガルシアがやったのは……ただ歩くこと。

だが、それが止められない。どれだけ強力な呪符を叩きこもうと、すべて虚しく空を切るのみ。粛々と歩を進めるだけのガルシアをどうやっても阻めないのだ。気づけばガルシアはもう眼前。じりじりと後退するリリスだが、その背後にはいつの間にか半壊した壁が。

『まずい』――と思った時にはもう、少女の右肩に深々と黒曜石のナイフが突き刺さっていた。

「〜〜〜っ!!」

全身を駆け巡る激しい痛み。流れ出る鮮血の中、リリスにできるのは悲鳴を噛み殺して悶えることだけ。

そんな少女の耳元で、ガルシアは冷徹に囁く。

「大人しく従ってはくれないか？　君の血は至宝だ。無駄に流すのは忍びない」

「だ、誰が、あんたなんかに……！」

気丈に睨み返すリリスだが、その抵抗はあまりに無意味。ガルシアの右手が容赦なく少女の首を鷲掴みにすると、もはや呻き声すら出せなくなってしまう。

「もう一度問おう——大人しく従ってはくれないか？」

万力の如く細い首を締め上げながら、ガルシアは再び問う。戦場に生きた彼にとっては拷問など日常茶飯事。望む答えが返ってくるまで何度だって繰り返すだけ。もはや少女に選択肢などない。

……だが、その時だった。

「——『しらねこ』」

鈴の鳴るような可憐な呼び声、と同時に空を裂いて舞い降りる純白の閃光。

二人の背後に降り立ったのは、精霊を纏った美しい少女——

「……で？」

突如現れた闖入者へ、リリスは痛みを耐えながら問う。

「……あんた……どっちの味方……？」

「おとうさん」

きっぱりと即答したその少女——サリアは、動けないリリスに向かって肉薄する。いくら懐いていたと言っても、肉親より大事なものなどあるはずもないのだ。

……が、その言葉にはまだ続きがあった。

「だから……わるいこと、させたくない！」

答えと共に右脚を蹴り上げるサリア。だがその狙いはリリス……ではなく、彼女の首を掴んでいたガルシアの背中。無論、この不意打ちも容易く透過するガルシアだが……その瞬間、首を絞めていた腕の感覚が消失し、リリスの体が自由になる。その隙にリリスを抱き留めたサリアは、大きく後方へと跳び退った。

「……やれやれ、困ったものだ……」

リリスを救出し、その隣に肩を並べるサリア。戦友として並び立つ二人の少女を前にして、ガルシアの口から小さな溜息が零れる。

完全に決着はついたはずだった。なのにそれを土壇場で……しかも、他でもない実の娘に覆されるとは。さすがのガルシアにも予想外だったらしい。

だが、彼にとって本当の問題はそこではない。

「……わからんな。サリア、いつ、どこで、どうやって、私がアニュエス・ブラッドを狙っていると気づいたのだ？　計画が漏れる余地などなかったはずだ」

この日のために、彼は入念な準備を重ねて来た。誰にも悟られぬようすべての状況を整えた。……だというのになぜ、サリアは今ここにいるのか？　もしかしたら致命的な欠陥から計画が漏洩した可能性もある。それを確かめなければならない。

それに対し、返ってきた答えは簡潔だった。

「なんとなく」

「……猫の勘、か……そういえばあったなそんなものが」

彼女の精霊が持つ特殊な性質はよく知っている。であれば、むしろ問題ない。これ以上の乱入者は来ないということなのだから。

だが、その安堵をリリスが否定した。

「何言ってんのよ、親を想う子供の勘でしょうが！」

そう、これまでサリアが執拗に退学を迫ってきたのは、父であるガルシアがリリスを狙っていると察していたから。そしてそれを告げられなかったのは、証拠不足というだけではない。大好きな父親を告発するなどできるはずがなかったのだ。だからこそ、原因となるリリスを学園から遠ざけ、父に罪を犯させないよう一人で頑張っていたのだろう。

リリスは今、ようやく彼女の本心を理解できたのだ。

……ただし、理解するのと納得するのとはまた違うわけで——

「いや、やっぱちゃんと教えなさいよ！　そういう大事なことは！　大変なことになっちゃってんじゃないのっ!!」

「はんせい」

リリスの叱咤に対し、しょんぼりと唇を尖らせるサリア。まるでいつも通りのやりとりだ。……ただ、今日ばかりは『まあいいわ』とお説教を切り上げる。なにせ今は、もっと優先すべきことがあるのだから。

「お説教はとりあえずあいつをぶっ倒してから、よね。……やるわよサリア！　『クソオヤジ同盟』結成よ！」

「ん！」

性格は元より目的さえもバラバラな、たった二人きりの即席同盟。だが、それでもやるべきことだけは同じ——眼前のガルシアを阻むこと。その一点において、二人は『百血同盟』などよりもずっとずっと強く結びついているのだ。

そんな娘とその友人を前にして、ガルシアはほんの僅かに笑みをこぼす。そして……氷のような敵意を剥き出しにして告げるのだった。

「威勢は良いが……策はあるのか？」

ガルシアが有するは世界の裏と表を往来する神獣の力。生ぬるい友情ごっこで打破できるほど易しい代物ではない。……が、それに対しリリスは堂々と笑った。

「ええ、もちろんよ！」

それはいつもの虚勢……というわけではない。ただし、確信でもなかった。彼女の中にあるのは、『策』と呼ぶにはあまりに些細な疑問——

——なぜガルシアはサリアを無視しなかった？

あらゆる攻撃も防御も透過可能なその力があれば、サリアを相手にする必要などない。サリアの攻撃のみを透かしリリスを捕らえればいいだけ。だというのに、ガルシアはそうしなかった。……いや、そうできなかったのだとしたら？

「なんか最強っぽく語っちゃってたけど……その能力、本当はそこまで万能じゃないでしょ？　少なくとも——体の一部だけを透過できるような器用な力じゃない、でしょう？」

そう問いかけた瞬間、ガルシアの顔色が微かに変わる。……やはりそうだ。最初に自分から能力を開示したのは、この弱点に気づかせないためのブラフ。そしてそれならば、攻略法は簡単だ。

「よく聞きなさいサリア！　作戦は一つよ――攻めて、攻めて、攻めまくる！　出し惜しみなんてすんじゃないわよ！」

「しょうち！」

部分透過ができないのならば、こちらから攻め続ける限りガルシアは防御に透過を使わなければならないということ。だったら話は早い。――二人は同時に全霊を解き放った。

「『しらねこ――もっと』!!」

「符術・緋織神――『焔帝綺龍』!!」

呼び声に従い『しらねこ』との完全なる融合を果たすサリア。人智を超えた魔物化でありながら、純白の光輝を纏う美しきその姿はまるで月の化身そのもの。

そして彼女の隣では、リリスが自らの鮮血で呪符を染めていた。至高の生き血をたっぷり啜った真っ赤な呪符……そこから織り成されるのは、威風堂々たる龍の象形。刹那、顕現するは燃え盛る深紅のドラゴン。神話にのみ語られる翼もつ蛇を模したその業火は、まさしく凝縮された厄災の結晶。規模からしてこれまでの符術とは次元が違う。

かつて彼女たちがこれを使った時は邪魔が入った。だが今、二人の本気を止める者はいない。後はただこの全力をぶつけるだけ。シンプルなその作戦は……二人の性格にこれ以上ないぐらいあっていた。

音さえ置き去りにした速度で躍動するサリアと、厄災の火竜を使役するリリス。規格外の二人は縦横無尽に暴れまわる。無論、組んだばかりの同盟では連携など付け焼き刃。はっきり言って拙いもの。……だが、それゆえに彼女たちは止まらない。

未熟、ゆえになお速く。

未完、ゆえになお強く。

未だ途上にある二人は刻々とその精彩を増していく。既に完成された戦士であるガルシアには、今この瞬間にも成長する二人について行くことができない。苛烈極まる怒涛の攻勢を前に、『遡虚涅』を防御に回してなお押され始めるほど。これでは攻撃に転じる隙がないどころか、一瞬でも透過のタイミングを誤ればその瞬間二人の勢いに飲み込まれてしまうだろう。

「長らく忘れていたな……これが若さというものか。……ふふ、そうだ、それでいい。未だ成らぬと知ればこそ、力の限り抗い続けろ。道とはその先にのみ開かれるものなのだから」

全力を解放した二人を前に、まるで教え諭すように囁くガルシア。明らかに形勢不利に

傾きつつあるというのに、その声音はどこか嬉しげでさえある。

そしてそれは——締めくくりの言葉でもあった。

「今の心持ちを忘れず、次に活かしなさい。……授業は終わりだ」

「はあ？　押され始めたからって何ひよってんのよ！　戦いはまだまだこっから……」

と威勢よく突っぱねるリリスの声は、しかし、途中で途切れることになる。

（——!?　なに……急に、体が……?!）

突如全身を襲う異様な倦怠感。まるで鉛を背負わされたかのように体が重く、手足の先から痺れが広がっていく。それも、異変は彼女だけではない。隣ではサリアも同様に膝をついている。

何かしらの攻撃を受けているのは明白。だが、魔術ならあるべき幻素の気配はどこにもなかった。現にこうしている今もガルシアは魔術を使っていない。にもかかわらず、体を襲うこの変調はなんだと言うのか。

混乱する少女へ、ガルシアは静かに問うた。

「君は真っ直ぐだが、そのぶん視野が狭い。敵を殺す道具が魔術やナイフだけだと思っているのか？」

「……まさか、毒……?!」

非幻素由来の攻撃であれば察知できないのも頷ける。先ほど刺されたナイフに仕込まれていたものだろうか。だが、それだとサリアまで麻痺している説明がつかない。一体いつ、どのタイミングで——

「まだ気づかぬか……まあ無理もないだろう。視えないものに囚われるあまり、視えているものを見落とす——君のような優秀な魔術師ほど引っかかる手だ。覚えておきなさい。一見無害に思える路傍の野草さえ、時に容易く人を殺す毒になるものだと」

淡々と諭しながら、不意に屈み込むガルシア。その手が掬いあげたのは……足元の灰。戦闘の序盤、リリスの呪符を無効化するために撒いた幻素阻害用の遺灰だ。だが、既に役目を終えたはずのそれが今更なんだというのか——？

そこまで考えた時、リリスは気づく。遺灰は確かに幻素を阻害するために使用された。だが……誰もそれだけとは言っていない。遺灰の中に混ぜ込まれていたのは、非幻素由来の遅効性の麻痺毒……激しい戦闘により灰と共に舞い上がったその毒を、リリスたちはずっと吸い込み続けていたのだ。

それは魔術師の裏をかく卑劣な罠。だが真に恐ろしいのは、その可能性を考えられないよう誘導されていたこと。

「君は疑い深く、他人を信用しない。それは実に正しい。信用など思考停止の同義語にすぎぬのだから。……だが、覚えておきなさい。人は他者から与えられた情報を疑うことはできるが、自分で見つけたと思い込んだ情報を疑うことは難しい。真理や結論にたどり着いたと思ったその瞬間、猜疑も思考もやめてしまうものなのだ。ゆえに、疑うべきは常に自分自身。たどり着いた結論が、看破したと思った弱点が、悪意ある他者により誘導された偽情報ではないかと。殊に、戦場ではな」

リリスたちだって馬鹿ではない。もしも遺灰がおもむろに撒かれたものであれば、何かしらの仕込みを疑い吸い込まないよう場所を変えただろう。だが、目の前で幻素阻害という役割を見せられたことで、それがすべてだと結論付けた。そう思い込み、それ以上を考えるのをやめた。……いや、そう思い込むよう誘導されてしまった。あの瞬間にもう、この状況は決まっていたのだ。

「――本当に悟られたくない真実というのは、別の真実の下に隠すものだ」

リリスはようやく理解する。眼前に立つ歴戦の魔術師との、圧倒的な実力差を。

そう、全力をぶつければどうにかなる、なんてのは実戦を知らぬ子供の妄想。本気の殺し合いにおいて重要なのは、力を発揮させることなく絡め殺すこと。ガルシアはそれをよく知っていたのである。

だが、すべてはもう手遅れ。もはや立っていることもままならず膝をつくリリス。その頭上に男の影が落ちた。

「さて、とりあえず……その邪魔な両手を切り落とすところから始めようか」

今度こそ策は尽き、抵抗する余力も残されてはいない。何より、彼女にはもう抗うつもりもなかった。『負ければ奪われる』——その当然の摂理に駄々をこねるほど、彼女はわがままではないのだ。だから、リリスは素直に敗北を認めて目を閉じる。そして……勝ち誇った笑みを浮かべるのだった。

「そうね……私たちの負けね……けど、一つ言っておくわ——あんたも負けたのよ……！」

もはや身じろぎ一つできぬというのに、リリスは堂々と言い放つ。ともすればそれは負け惜しみにしか聞こえない台詞だろう。……けれど、ガルシアだけはすぐに理解する。彼女の言葉が疑いようもない真実であると。

「……やれやれ、ままならぬものだな……」

確かにリリスは敗北した。……だが、彼女とガルシアでは元より勝利条件そのものが違う。彼女に敵を倒す必要などなく、ただ待てばよかったのだ。すべてを解決してくれる、あの少年を。

——天を裂くように響き渡る鷹の咆哮。と同時に、遥か上空から舞い降りる巨大な魔獣・

グリフォン。否、それは贋作。精巧に砂で偽造されたグリフォンは、着地と同時に崩れ去る。そして、その背中から降り立ったのは一人の少年――

「……あの程度の分量では足止めすらできぬか。だが致し方なかろう。君が相手ではな――なあ、レナ少年？」

現れたその少年――レナへと問いかけるガルシア。……が、それに答えもせずに少年が駆け寄ったのは、傷ついた主の下だった。

「お嬢様、サリアさん、すぐに傷の手当てを……！」

と泣きそうな顔で駆けてくるレナ。けれどリリス当人がそれを遮る。

「馬鹿にしないで……それぐらい、自分でできる……！　それよりも……あいつを止めなさい……！」

搾りだされる命令。束の間逡巡するレナだが……意を決して主に背を向けると、改めてガルシアと対峙する。

ただ、それは敵対のためではなかった。

「……先生、なぜこんなことを？」

問いかける少年の相貌に浮かぶのは、敵意ではなく困惑と疑念。この期に及んでまだ、彼はガルシアを『敵』とみなしてはいないのだ。

だからこそ、ガルシアは問い返す。

「逆に問おう。もしも私がそれを答えたとして――その理由が『全人類の救済』のような大義あるものだったとして――君はリリス＝アレイザードを渡してくれるかな？」

その問いへの返答には、一秒の逡巡もなかった。

「いいえ。――ですが、それ以外の方法でお手伝いします！」

それは微塵の虚飾もない、本心からの言葉。彼は信じているのだ、みんなが幸せになれる選択が必ずあるのだと。

「君は良い子だな、本当に。……安心したまえ、今のは意地の悪い『もしも』の話。私のそれは何の大義も持たぬ。ゆえに安心して阻みなさい。私も――全霊を賭して君を殺そう」

対話を拒絶したガルシアは、殺気を滾らせ肉薄する。その行く手を砂の壁が阻むも、『遡虚涅』を有するガルシアには意味がない。容易く防壁をすり抜けて駆ける先……待っていたのはまたしても壁だった。

砂、砂、砂――どれだけすり抜けても砂の壁が立ちふさがり、何度かわしても砂の触手が追いかけてくる。そのあまりに膨大な物量は大砂宮そのもの。攻撃のために実体化する隙どころか、まともに息を吸う暇さえない。

そう、無尽蔵の砂を操れるレナにとって、単独での継続的波状攻撃は得意分野。リリスたちがやろうとしていた『遡虚涅』対策を容易く実現できてしまうのだ。ガルシアからすればまさに天敵と言える相手である。

さらに……

「レナ……気を付けて……足元……遺灰が……」

「はい、ヒスイガイの毒ですね。問題ありません。既に解毒酵素は創ってあります」

『綴継幻創（パッチフェイク）――擬典（レプリカント）：毒喰胞球（デトキサイト）』……遺灰の罠に気づいた時点で、血中に解毒酵素を偽造済み。サリアとリリスを倒した搦め手さえも、レナには全く通用しない。

「原子サイズの砂による、あらゆる無機物・有機物の完全模造……その力、やはり君の正体は……」

レナの能力を目の当たりにしたガルシアは、何かを察したように呟く。

そして――唐突に刃を納めた。

「よもやここまでとは。正直言って君を殺せるビジョンが見えない。……私の負けだ」

あっけなく認める敗北。数多の戦場を生き抜いてきた彼には、彼我の実力差を見切る眼がある。だからこそわかるのだ。眼前の少年が規格外の怪物だということが。

「保険は欲しかったが、致し方なかろう。今回は諦めるとしよう」

そうして潔く踵を返して敗走するガルシア。勝てない戦はしない――命のやり取りの重さをよく知っている戦士ゆえの判断である。

……だが、リリスは気づいていた。

「……レナ……追うわよ……！」

「お嬢様？　戦いは終わりました、それよりも早く医務室へ……」

「そうじゃない……！」

心配する少年を遮るリリス。そう、追わなければならない理由があるのだ。

「血、取られてる……！」

それは肩を刺されたあの時のこと。何事にも抜け目ないガルシアであれば、あのタイミングで保険として生き血を回収しているはず。確証こそなかったが……この潔すぎる引き際を見て確信したのだ。

「何企んでるのか知らないけど……悪用されちゃたまんないわ……！　取り返しに行くわよ……！」

「サリアも……おとうさん、とめる……！」

既に毒が抜けて来たらしく、自力で立ち上がろうとするリリスとサリア。

レナは慌てて二人を押しとどめるが……

「わ、わかりました、では僕が行きます！　お二人は安全な場所に……」

「馬鹿言わないで……あんたの後ろより安全な場所なんて、この世にあるわけないでしょ……！」

「サリアのおとうさん……だから、サリアがいく……！」

どちらも全く譲る気はなく、実際ベルゼブブの分身が飛び回る学園に残していくわけにもいかない。

であれば……従者としてやるべきことは一つ。

「わかりました。ではみんなで行きましょう！」

そうして三人はガルシアの後を追う。

……といっても、『そこ』はすぐ近くにあった。

「なるほどね、ここがアジトだったたってわけ……！」

激戦により大半が崩れ去った校舎。その中で一か所だけ不自然に残っている壁がある。

それは……ガルシアが『シェルター』と呼びリリスを連れ込もうとしていたあの結界空間だ。その内部がどうなっているのか、外からでは知りようがない。ただ一つ確かなのは、そこがガルシアの領域であること。

だがそれでも、リリスは一秒だって躊躇わなかった。

「さあ、乗り込むわよ！」

リリスを先頭に異空間への門に踏み込む三人。

一秒後、三人を待っていたのは……暗く茂った大樹海。否、連なる樹々は普通のそれとは違う。腐臭を撒き散らす赤黒い獣の死肉――シェルター内は屍の森が広がる禍々しいダンジョンに書き換えられていたのだ。

もっとも、今更そんなものにびびるリリスではない。

「うわ、趣味悪っ。こーゆーのはきっちり消毒しなきゃね！」

不敵に笑って取り出した呪符を、リリスはためらいなくぶっ放す。……死肉に怯えてびくびくこそこそ、なんて彼女の柄じゃない。道がないなら自分で作る。豪快に森を焼き払いながら、真っ直ぐに突き進む三人。

そうしてたどり着いたダンジョン最奥部。そこに……ソレはいた。

「あれって……!?」

樹海の果てに聳えていたのは、厳然と屹立する巨大な十字架。だが、彼女たちの目を惹いたのは十字架そのものではなく、無数の魔装によってそこに磔にされていたとあるもの――

「ベルゼブブ……?!」

拉げた羽、残忍な牙、無数の獣をごちゃごちゃに混ぜ合わせた醜悪な四肢――磔にされたその悪魔は、レナと相対した時よりも遥かに大きく、遥かに禍々しい。恐らくはこれが本物のベルゼブブ本体なのだろう。その忌まわしいまでの歪さに、リリスでさえ顔をしかめる。

……と、その時だった。

「――心配は無用だ。不可侵契約と呪具により既に眷属化してある。害はない」

十字架の後ろから響く声。と同時に影の如くゆらりと姿を現したのはガルシア。悪魔の眷属化……魔術師としての禁忌を堂々と犯したその男には、微塵の悪びれもない。

だが、リリスよりも先にその所業を罵倒する者がいた。

「――てめえ、糞魔術師が！　このオレ様をパシリに使いやがって……！」

憎々しげに怨嗟を吐くのは、磔にされたベルゼブブ。その声音には傍で聞いているリリスたちでさえ寒気だつほどの憎悪が込められている。もはやそれだけで呪詛の領域だ。人間に使役されているという事実がよほど気にくわないらしい。

だが……

「誰がお前に餌場を提供してやったと思っている？　殺されていないだけ感謝しろ虫けら風情が。それと……私がいつ口を開くことを許可した？」

ガルシアがひと睨みした瞬間、ベルゼブブの全身を凄まじい雷撃が襲う。肉を通り越して骨まで焦がすほどの強烈な懲罰。天災であるはずの悪魔が悲鳴をあげて悶えることしかできない。ガルシアの言う通り、それは協力関係ではなく完全な隷属である。

「何から何まであんたの仕込み、ってわけね……！」

「その通り。ネームドを使ってレナ少年を引きはがし、混乱に乗じて君を手に入れる――他の上位家系を出し抜くために必要な手順だった。……もっとも、私より先にアーノルド少年がこやつを呼び出した時は少々焦ったよ。私がベルゼブブを引き寄せる陣を構築していたせいで、別の召喚術に便乗できてしまったらしい。まあ、すぐに報告してくれたお陰で事なきを得たが。……思えば、彼の勇気ある告白も君の影響かな、レナ＝アレイザード。その点に関しては感謝しよう。危うく『計画』が台無しになるところだったからな」

淡々と語られる経緯だが、生憎とリリスはそんなものに興味はない。彼女の耳に留まったのは、最後の一言のみ。

「〝計画〟ねえ……いいわ、聞いて欲しそうにしてるから聞いてあげる。あんた、私の血を使って何するつもり⁉」

「……まあ、この局面まで来れば隠す必要もない、か……」

そう呟いたガルシアは、至極簡潔にその目的を口にした。

「私の求めるものはただ一つ――終わりなき〝戦争〟だ」

「……は？」

束の間、唖然とするリリス。——この男は一体何を言っている？　戦争とはあくまで何かしらの目的を果たすための手段。それ自体を求めるなど根本的におかしな話だ。

その戸惑いを察したのか、ガルシアはふっと笑った。

「理解できぬか？　まあそうだろう。君たちは所詮戦場を知らない学生だからな。……だが、私は違う。私は軍人魔術師——戦場こそが私の居場所。そして、かつてそれは至る所にあった。《レヴェナ皇国侵攻戦》、《カルディナ動乱》、《ノウン教解体事変》、それから……《オスロア戦役》。ああ、本当に……本当に、素晴らしい時代だった……！」

かつて駆けた戦場に思いを馳せているのか、瞼を閉じて追憶に浸るガルシア。その表情は恍惚とさえ呼べそうなほどの至福に満ちている。……が、それはすぐに曇った。

「だというのに、今はどうだ？　アレイザードの死により戦乱は途絶えた。くだらない平和とやらが世界を覆い、私はこんなところで教師の真似事などしている。はっきり言おう、うんざりだ」

ガルシアは心底辟易したように吐き捨てる。

濁った水の中でしか生きられない魚がいるように。彼は平和の中で生きる術を知らなかった。であれば……そんな男が欲するものなど一つ。

「だからこそ君と……そしてベルゼブブが必要だったのだ。ベルゼブブの権能は『産む』能力。その生贄にアニュエス・ブラッドを使えばどうなると思う？　簡単だ、これまで確認されたあらゆるネームドを幻象界から召喚できる！　そしてそれを世界中に解き放つ！　さすれば人間と悪魔の生存をかけた大戦争が──あの素晴らしい時代が再び始まるのだ‼」

冷静な教師の仮面を脱ぎ去り熱っぽく語るガルシア。その表情はまるで狂信者のよう。

「……哀れな男ね」

呟くリリスの言葉は、普段の罵倒ではない。彼女にはわかっている。この男にはもう誰の言葉も届かないと。

……いや、ただ一人、もしも可能性があるとしたら……

「おとうさん」

一歩進み出るサリア。その瞳に宿るのは怒りでも憐みでもなく、純粋な悲しみだった。

「もうやめて。……おかあさんも、きっとかなしい」

それは紛れもなく、一人の娘から一人の父への懇願。悪魔を使役し、戦乱を招こうとしているこの男は、それでもまだサリアにとっては大切な父なのだ。そして彼女だからこそわかる。母もまたこんなことは望んでいないと。

愚かなまでに真っ直ぐ向けられる娘の眼差し。それを前にして、ガルシアは静かに口を開いた。

「イレイナは死んだ。死者は悲しまない」

男の放った言葉はたったそれだけ。

娘の想いも、妻の遺志も、一つとして彼には届かない。であれば……この世の誰に彼を止められると言うのか。

そうして最後の肉親さえも切り捨てたガルシアは、己が本懐を遂げるために動き出す。

「さあ、ここからだ。あの古き良き日々を再び始めよう……！」

ガルシアの懐から取り出されたのは、鈍く光る黒曜石のナイフ。――リリスの肩を貫き、その生き血をたっぷり啜った呪具である。やはりあの時、血の確保は完了していたのだ。

「レナ、止めて!!」

とリリスが叫ぶ前から、砂は既に動き出していた。轟々とうねる砂の津波がガルシアを阻止せんと怒涛を打つ。……が、まさにその時、三人の足元で生じる幻素の気配。巧妙に隠されていた魔法陣が起動したのだ。

コンマ一秒で巻き起こる大爆発。その刹那、引き戻された砂が三人を包み込む。それは固く主を守りはしたが……敵を阻むというその命は未完に終わるのだった。

「判断を違えたな、少年」

レナが防衛を優先したその隙に、黒曜石のナイフを振り上げるガルシア。その突き立てられる先は、ベルゼブブの腹部。悪魔の肉に深々と食い込んだナイフは、そのまますずるずると体内へ飲み込まれ、そして――次の瞬間、ベルゼブブの全身が一挙に膨れ上がった。

「がっぁああああああぁ!!?」

血が、肉が、骨が、魂が――ベルゼブブを構成する幻素のすべてが一瞬で湧き立ち沸騰する。アニユエス・ブラッド……史上最強の魔導王が作り上げた、史上最高の生贄。その生き血を得た悪魔の力が、本人の意思さえ無関係に膨張を始めたのだ。

「さあ、産めベルゼブブ！　数多の悪魔を、数多の戦乱を、あのよき時代をもう一度、この私のために産み落とせ――!!」

醜悪なネームドが、さらに禍々しく進化を遂げる光景――まさに地獄のようなその様を前に、ガルシアは歓喜の表情で叫ぶ。待ち望んでいた戦乱の時代が、まさに生まれ出でようとしているのだ。普段の冷静さなどかなぐり捨て、男はただ狂乱したように嗤い続ける。

そして――その口元から鮮血を吐き出した。

「……がはっ……………なん、だ……?!」

唐突な吐血に狼狽えるガルシア。だがその原因は一目瞭然――彼の左胸を鋭い棘のついた尾が貫いていたのだ。その出所を視線でたどった先、にんまりと笑っていたのは……十字架に張り付けられた悪魔であった。

「――やっと油断してくれたなぁ、糞魔術師？」

先ほどまで苦悶の叫びをあげていたはずのベルゼブブは、上機嫌でそう囁く。そして、まるで指に刺さった棘を抜くぐらい簡単に、自らを磔にしていた呪具をぽいぽいと引っこ抜き始めた。

「……あ、ありえ、ない……隷属術式が……機能している……はず……」

「ははっ、わりーな。てめえと契約した個体と今のオレ様はまるっきり別個体。いくらでも生まれ変われるこのオレ様に縛りが効くわけねーだろボケ！　六千年生きたネームド様と知恵比べなんざ一万年はえーんだよ！」

弱々しく膝をつくガルシアを、ベルゼブブはげらげらとせせら笑う。

確かにガルシアは熟練の魔術師だ。……が、それはあくまで人間の中ではの話。遥か永劫を生きる悪魔にとっては彼でさえ幼子同然。手玉に取るなど花を手折るより容易いこと。

「あー、まったく楽なもんだったぜ。縛られてるフリして寝てるだけで、餌も生贄もぜーんぶ手に入るんだもんな！　何より……てめえの油断を誘えた。さすがに神獣の能力は厄介だったからなあ。でもま、結局それを使うのはてめえ自身、不意打ちにゃ無力だよなあ？」

と勝ち誇ったベルゼブブは、嫌味たっぷりに囁くのだった。

「えらーいセンセイ様に教えてやるよ。人間ってのはな、悲願成就のその瞬間が一番油断するもんなんだぜぇ？」

ガルシアの持つ透過能力……それを出し抜く機会をベルゼブブは虎視眈々と狙っていたのだ。そして今、悪魔の目論みは果たされた。心臓を貫いた尻尾を軽く振るうと、それだけでガルシアの体は吹き飛ばされ、無残に地面に叩きつけられる。英雄と呼ばれた男が、まるで玩具扱いだ。

「てめえは後で苗床にしてやる。それまで大人しく死んどけや」

虫の息で倒れ伏すガルシアへ、笑いながら言い捨てるベルゼブブ。放っておけば死ぬ男への興味など既に失せた。なにせここには、もっと愉快なことがあるのだから。

「にしても……すげえ、すげえぜこの体！　たったこれだけの血でとんでもねえ力が湧いてくる！　アニュエス・ブラッド様様だなァ！」

うっとりと悪魔が眺めるのは、変貌を遂げた自身の肉体。醜く肥大化したそれが、ベルゼブブの眼には美しく映っているらしい。

ただ、そこでふと思い出したように呟く。

「しっかしよぉ、人間ってのはとんでもねえことを考えるもんだよな。この力で他の悪魔どもを呼び出すだあ？　ダメだろ、んなことしちゃ」

などと、急にまともなことを言い出すベルゼブブ。……だが、言うまでもなくそれは人類を想っての台詞などではない。

「んなことしたらよぉ……オレ様の食い扶持が減っちまうだろうが！　地上のネームドはオレ様一人で十分！　他のカスどもは幻象界で指くわえて眺めてりゃいいんだよ！　この世の人間はぜ～～～～んぶオレ様のものだ!!」

そう、悪魔の目的など一つだけ。地上を蝕み、喰らい、征服し、己というカタチを刻み込むこと。そしてそのためにベルゼブブの取る方法は簡単だ。

「さあさあ、皆様お立合い！　最凶最悪、唯一絶対、新しいオレ様の誕生パーティだ!!」

嬉々とした宣言と同時に、ベルゼブブの下腹部が膨らんでいく。その内部では外からでもわかるほど凄まじい幻素濃度の高まりが。リリスの血によって得た膨大な力で、さらに強力な次世代の自分を産み落とさんとしているのだ。

どくどくと鳴り響く邪悪の胎動。刻々と肥大する禍々しき肉塊。恐るべき速度で膨らむ腹と反比例するように、ベルゼブブの体が萎れていく。母胎の力さえも根こそぎ吸い上げ、次世代のソレは現世へ顕現せんとする。その誕生はもはや誰にも止められない。

そして――その声は、まさにそこで響いた。

「『人間は非願成就のその瞬間に油断する』……確かに真理だ。ただ一つ付け加えるとすれば――それは悪魔も同じということだな」

　産屋に響く静かな声音。

　有り得ないはずのその声に誰もが――ベルゼブブでさえも――驚愕に目を見開く。そして全員の視線の先、静かに立ち上がったのは……

「た、確かに手ごたえはあった！　透過は間に合っていなかったはずだ！　なぜ生きてやがる――糞魔術師!?」

「簡単なこと。心臓のみを透過しただけだ」

　起き上がったその男――ガルシアはいつも通り淡々と答える。

　だが、誰もがその言葉の嘘に気づいていた。

「何を言ってやがる?!　部分透過はできねえんだろうが!!」

『一部だけを裏世界へ逃がすことはできない』――それが『遡虚涅』唯一の弱点。リリスたちとの戦闘ではそれを看破され怒涛の攻勢に押し負けていたはず。

　けれど、答えはまたしても簡潔だった。

「『できなかった』のではない、『しなかった』だけだ。……お前の分体に監視されていることは知っていた。だから望み通り目の前で見せてやった。人間も悪魔も、自ら掴んだ情報を真理と思い込むものだからな。……ヒトと同じ知性を持つがゆえに、ヒトと同じ罠にはまる。それが貴様ら悪魔の弱点だ」

　そう、リリス相手に奥の手である『遡虚涅』を使ったのは、彼女が手強かったからではない。隠れて監視していたベルゼブブに『部分透過はできない』と思い込ませるための仕込みに過ぎなかったのだ。

　そしてその事実を聞いたリリスは、むしろ納得していた。

　ガルシアは地位や家柄だけの名門魔術師とは違う。戦場にて無数の敵を屠ってきた本物の軍人だ。そんなガルシアが軽率に切り札を見せた挙句、その弱点まで看破され、あまつさえ小娘二人に追いつめられるなどという愚を犯すものだろうか？　答えは、否。そんな有り得ない想定をするよりはこう考えた方がよほど現実的だろう。……すべては最初からガルシアの策だったのだと。

　ただ、だからこそわからないことが一つ――一体何のためにそんなことを？

「チッ……オレ様を騙しただあ？　だからなんだってんだよ！　既に産卵は始まってる！　最強のオレ様がすぐに産まれる！　もはやオレ様にだって止められねえ！　そうなりゃてめえなんて一瞬で消し炭だ！」

　そう、結局ベルゼブブは自由となり、リリスの血を得て最強の自分を産み落とす。ガルシアが生きていたことは想定外とはいえ、ベルゼブブにとっては何の問題もないのだ。結局のところガルシアがやったのは、ただベルゼブブに血を捧げただけ。であれば今の一連の虚偽に何の意味があるというのか？

それに対し、ガルシアが口にしたのは……答えではなく問いかけだった。

「『ウツロマユバチ』──という虫を知っているか？」

唐突に口にされたそれは、とあるちっぽけな昆虫の名前。だがそれを知っているリスたちにもわからない。この状況においてなぜ無関係な虫の話が出てくるのか？　それは当然ベルゼブブも同じ。

「てめえ、何の話をしてやがる⁈」

「わからないのなら教師として教えよう。ウツロマユバチとは蚕に卵を産みつける寄生蜂の一種。孵化した幼体は内側から蚕を喰らい、十分に成長した後その腹を食い破り這い出てくる。寄生された蚕は糧となる苗床であり、同時に幼虫を守る繭でもあるのだ」

「へえ、そりゃオレ様に似てるなあ！　で？　それが一体何の話だって──」

苛々と声を荒らげたベルゼブブは……しかし、不意に口をつぐむ。そして視線を落とした先は、刻々と膨らんでいく自らの腹部。

「あ……？　なんだ、この感じ……？」

最凶の自分自身を産み落とすため、既に臨界を迎えんとする胎……それは彼にとって祝福であるはず。だがその脈動に違和感を覚えたのか、ベルゼブブの顔色が変わる。

対してガルシアはなおも淡々と言葉を紡ぐだけ。

「貴様は無数のハエによる群体生物。己を産み殖やすことで際限なく力を増すが、その始まりは一匹の無力なハエにすぎない。それゆえ、貴様には必要だった。苗床として優秀な魔術師の死体が。それを用立ててやったのが誰か、よもや忘れたわけではあるまい」

『ベルゼブブには協力者がいる』――ダンジョンで言っていたあれはガルシア自身のこと。

そして協力者として彼が捧げたのは、想像を絶する代物だった。

「イレイナ＝ヴァレンシュタイン――苗床として貴様に渡したのは、我が妻の遺体だ」

その名が口にされた瞬間、サリアが愕然と目を見開く。いや、彼女だけではない。レナやリリスでさえも、吐き気を催すその行為に言葉を失ってしまう。

けれど、皮肉にもベルゼブブだけがその非道の意味を察していた。

「……てめえ、何を仕込んだ……？」

微かに震える声で問うベルゼブブ。その相貌に浮かんでいるのは……紛れもない怯えの色。そしてガルシアは、素直にその答えを告げた。

「術式だよ。幻象界よりイレイナの魂を呼び寄せる召喚式だ」

それが何を意味しているのか、賢い悪魔には当然わかる。わかってしまう。だからこそ、ベルゼブブは激しく否定する。

「あ、有り得ねえ！　オレ様はベルゼブブだ！　死肉を喰らう腐海の王だぞ！　そのオレ様が、そんな仕込みに気づかないはずが――」

「いいや、気づけないさ。この日のために十年かけて術式を遺体に融け込ませたのだから。私はネクロマンサー、死体の扱いにかけては貴様にも劣らんよ。それが妻のものであればなおさら、な」

きっぱりとそう断言したガルシアは、『何より……』とトドメの一言を付け加えた。

「――悲願成就を前に油断したな、愚かな虫けらよ」

ここにおいてリリスたちは理解する。――ガルシアは最初から仕込んでいたのだ。寄生蜂が卵を産み付けるが如く、ベルゼブブの体内に。そして最大の障害である自らの死を偽装することで、ベルゼブブが何の憂いもなく出産するように仕向けた。そう、ベルゼブブは疑うべきだったのだ。自分が喰う側ではなく、喰われる側である可能性を。

だが、すべてはもう手遅れ。

「そう……あんたはついにたどり着いたってわけね。あの不可能命題に――死者蘇生の真理に」

静かなリリスの問いに、ガルシアはただ『ああ』とだけ頷いた。

「『死した魂と肉体は決して結びつかない』――それは絶対の真理とされてきた。だが、そうではない。必要なのはプロセスだったのだ。『出産』と『誕生』という通過儀礼こそが、これまでの死者蘇生に欠けていたカタチだったのだよ」

母胎内での成長や出産は、単に肉体を形成する過程にすぎないとされていた。そして魔術師たちにとって人体の錬成など別に難しいことではなく、簡単に代替できる一工程でしかなかった。だが、違った。発生、成長、出産……その一連の過程すべてが一種の儀式。ただの肉とただの幻素が、固有の『命』として結びつくために必要な通過儀礼だったのだ。

ゆえに、彼は求めた。奇跡を成しうる生贄の血と、『出産』を権能とする悪魔の力を。

そして今、その二つが揃った。すなわち、これからこの世に再誕しようとしているものとは――

「さあ、産み落とせベルゼブブ！　幻象界の深奥から、我が妻を――イレイナを！　もう一度、私のもとに!!」

声高に叫ぶそれこそが、無数の嘘の下にひた隠しにされていた本当の目的。

『妻との思い出があればそれで十分』――寂しくはないかと少年に問われたあの時、ガルシアはそう答えた。だけどそんなもの嘘に決まっている。思い出だけでいいわけがない。十分なんて思えるわけがない。愛する妻と共にいたい、その願いに終焉なんてあるはずがないではないか。たった十年では、たった五十年では、たった百年では……いや、たとえ一万年連れ添ったって足りやしない。それを強欲だと誹るのであれば好きにすればいい。どんな罵倒も彼にとっては蠅の羽音でしかない。

そう、学園も、悪魔も、生贄の血も……この世の何もかもガルシアにとってはただの虚像。彼にとっての真実とはただ一つ——再び妻と言葉を交わすことのみ。

「……すまなかったな、サリア。必ず母さんを連れ帰ると誓ったのに、私はイレイナを守れなかった。だが今、やっと連れ戻せる……！　ようやくあの日の約束を果たせるのだ！　そうしたら、また……三人で共に暮らそう」

許されざる大願を抱いた男は、不器用に娘へ微笑みかける。それは冷たい戦士の仮面で覆っていた、彼の偽らざる素顔。軍人でも、魔術師でも、教師でもなく、彼はどこまでも父であり、夫であるだけだったのだ。

そしてその望みが、今、成就する。

「このっ……くそったれがぁあああ!!!」

膨れ上がったベルゼブブの腹部が、とうとう臨界点を迎える。母親が赤子の出産を制御できないように、この出産はもはやベルゼブブ当人にも止められない。肥大化した悪魔の力が根こそぎ胎内のソレに吸い上げられ、ベルゼブブは見る見るうちに干からび萎れていく。世代交代を具現する悪魔だからこそ、その摂理からは逃れ得ぬのだ。

そして……ついにソレが産声をあげた。

おぞましい腐肉の胎盤から、ずるりと産まれ出でる人型の肉塊。血にまみれたソレは、もがくように自らを包む羊膜を破る。そこから這いずり出たのは、サリアによく似た美しい女性――イレイナ＝ヴァレンシュタイン。再誕したイレイナは、虚ろな表情で辺りを見回す。

死肉の森、巨大な十字架、力尽きた悪魔の死骸……生まれたての彼女の眼に映る光景は、しかし、一つとして彼女の興味を引くことはない。だが、あるものが目に入った瞬間、虚ろだった瞳がハッと見開かれる。

それは……他でもないガルシアの姿だった。

「あ……あ……あ……」

必死で声帯を震わせ、邪魔な羊膜を脱ぎ捨て、震える足で立ち上がったイレイナは、ふらつきながらも夫の方へと歩き出す。一歩、また一歩と、産まれたての歩みを刻んでいく。

そして両手を広げて迎えるガルシアの胸へ飛び込むと……その顔面を拳で殴りつけた。

「――あんた、一体何をやってんだい……!?」

美しい顔を怒りでいっぱいにして、ガルシアの襟首を掴むイレイナ。……彼女もまた一

流の魔術師。有り得ないはずのこの目覚めが、禁忌の呪法によるものだと即座に理解したらしい。

だが、ガルシアはむしろ嬉しそうに微笑んでいた。

「懐かしいな、いつもこうして怒られていたものだ。……お帰り、イレイナ」

「っ……馬鹿……！」

悪魔の血にまみれたその体を、ガルシアは厭うことなく抱きしめる。壊れないようにそっと、だが、決して離さないよう確かに。大切な大切なガラス細工を扱うかのようなその手つきは、イレイナが誰よりもよく知る不器用な男と少しも変わっていない。懐かしいその抱擁に、思わず身を預けるイレイナ。

だが、それは束の間だった。

ハッと我に返ったイレイナは、強引に夫の手を払いのける。そして足元の尖った瓦礫を掴むや、自らの喉元へ突き立てた。

死者はいるべきところへ還らなければならない——イレイナの判断に迷いはない。それはガルシアが語っていたような、誰よりも正しき心を持つ彼女だからこその行為。

だが——

「——おかあ、さん……？」

背後から聞こえる戸惑いの声。

吸い寄せられるように振り返った先……イレイナは目を見開く。その視界に映るのは、他でもない彼女の娘――

その瞬間、イレイナの手が止まった。

「あ、あぁ……サリ、ア……？」

もう二度と会えないと思っていた、世界で一番愛しい娘。十年経っても見間違えるはずがない。あの頃と同じ無垢な瞳のまま、娘はただこちらを見つめている。――その瞳の前でもう一度母親の死を見せつけるなど、一体誰にできるというのか？

イレイナの手から瓦礫が滑り落ちた。

「すまない、君がこんなことを望まないのはわかっていた。そんな君だからこそ私は愛したのだから。だが、どうかもう一度だけチャンスをくれ。君を守るという、あの誓いを果たすチャンスを。――イレイナ、会いたかった」

「……馬鹿だよ、本当に……！」

もう一度手を伸ばすガルシア。駆け寄ってくるサリア。イレイナにはもう、愛しい二人のぬくもりを振りほどくことなどできなかった。再会を果たした家族は、何も言わずにただ抱きしめ合う。今の彼女たちには言葉さえ不純物でしかない。

そうして三人は身を寄せ合って歩みだす。

ガルシアの視界にはもう、リリスたちのことなど映ってすらいなかった。妻を取り戻し、娘との約束を果たした今、誰もが欲するアニュエス・ブラッドでさえ彼にとっては無価値。欲しいものはもう、全部ここにあるのだから。

……そんな家族の姿を前に、レナは呆然と立ち尽くしていた。

「ぼ、僕には……わかりません……これは、悪いことなのですか……？　とめなければいけないことなのですか……？」

レナは動揺していた。ガルシアのやったことは確かに禁忌だ。許されていいことではない。だが、再び産まれ出でたイレイナに罪がないのも事実。もしもそれを許さないと言えば、彼女の命まで奪わなければならないのか。それを決める権利は誰にあるのか。それを裁く義務は誰にあるのか――

人間として生まれてからまだ十年たらず。できたての心にその命題はあまりに重い。答えの出ない問いに押し潰されそうなレナを……リリスがそっと抱きしめた。

「いいわ、レナ。何も考えなくていい」

「で、ですが……」

「これは私の判断で、私の命令よ。何も考えず、何もしないで」

リリスは傲慢に命じる。それが間違っていようが構わない。見逃すことが悪でも別に気にしない。倫理も善悪も彼女にとってはどうでもいい些末事。柔らかな少年の心さえ守れれば、それでいい。

そうしてレナたちの横を歩き去っていくガルシア一家。

これで事件の幕は完全に下りた。

——はずだった。

こほん——と響き渡る小さな咳の音。

その発生源であるイレイナは、反射的に口元を押さえる。そして掌を開いた瞬間、微かに息をのんだ。……そこにはべったりと血がこびりついていたのだ。けれど、彼女を動揺させたのは血そのものではなく、そこからじわりと滲み出たもの——

それは一匹のちっぽけな幻素。……あまりに些細なそれこそが、すべての始まりだった。

こほん、こほん、と止めどなくぶり返す咳。そのたび吐き出す血からは、続々と幻素が湧き出てくる。

「イレイナ……⁉」

妻の異変に戸惑うガルシア。彼でさえ、想定外の何かが起きていることしかわからない。

だが、イレイナは違った。

唐突にガルシアの懐に手を伸ばしたかと思うと、抜き取ったのは鋭いナイフ。そしてあろうことか、その白刃を自らの喉へと突き立てようとする。――そう、彼女は気づいたのだ。これから自分の肉体に起こるであろうことが、大切な家族をも脅かす厄災であると。

……だが、それは一歩遅かった。

白刃を突き立てようとするイレイナの右手を、彼女自身の左手が掴み止める。それは死の恐怖からの自衛行動……ではなかった。

『――だめよ～、こんなに素敵な「門」を閉じちゃうなんて、もったいないじゃな～い』

突如響く艶めかしい女の声。

その出所は他でもないイレイナ……の左手。手の甲が裂けるように割れたかと思うと、不気味な人間の唇が浮かび上がったのだ。まるで悪性の腫瘍の如くイレイナの手に憑りつく唇が、彼女の意思に反してケタケタと笑い声をあげる。

それはまさしく悪夢のような光景。だが何より恐ろしいのは……ソレが一つだけではなかったこと。

『――ほお、久方ぶりの地上か……！』

『──アレイザード死んだってほんと～？』

『──ニンゲン！　ニンゲン！　ニンゲン！』

イレイナの全身に次々と浮かび上がる無数の眼や口。悪疾がもたらす湿疹の如く、彼女の体中を瞬く間に覆い尽くす。何が起きているのか。ソレらが何者なのか。リリスにもガルシアにもわからない。……だが、わかる必要など最初からなかった。

なぜなら──ソレらが自ら教えてくれるのだから。

夥しい数の唇が、一斉に雄たけびを上げた。

『──私の名はオリアスサヴェラ！　死灰に塔を築くもの！』

『──オイラはイルムル！　妄執こそがオイラの糧さ！』

『──我が真名はグラシア＝ボーレス！　骸の玉座へ誘おう！』

次々に叫ばれるのは、紛うことなき異形たちの名乗り口上。それが何を意味するのかは言うまでもなく明らか。

その瞬間、全員が理解する。

今のイレイナはダンジョンコアと同じ……幻象界と地上とをつなぐ『門』そのもの。そしてそこを通じて地上へ顕現せんとするのは、忌むべき厄災の化身たち――

「サリアを連れて、逃げて……！」

全身を悪魔に蝕まれながら、必死で訴えるイレイナ。だが、それが彼女の遺せた最後の言葉だった。

ネームドに埋め尽くされたイレイナの体は、あっという間に原形を失い膨れ上がった肉塊となる。

手が、目が、毛髪が、内臓が――

人が、獣が、悪魔が、幻素が――

ありとあらゆる存在の、ありとあらゆるパーツがごちゃまぜに組み合わされたそれは、まさしく混沌の権化。およそどんな生物ともかけ離れた無秩序な肉塊が刻々と膨れ上がっていく。

そんな妻の変貌を目の当たりにしたガルシアは、ただ呆然と立ち尽くしていた。

「なぜだ、なぜ、こんな……？」

計画は完璧だった。悪魔を出し抜き、アニュエス・ブラッドを手に入れ、歴史上誰もなしえなかった死者蘇生を果たした。すべてうまくいっていたはずなのに、一体なぜ？

わからない。わからない。わからない。……が、もしも、もしも不確定要素があったとしたら、その原因は一つだけ――

「リリス＝アレイザード……君は一体、何のための生贄なのだ……⁉」

疑問の答えなど出るはずもなく、考える猶予もなかった。

刻々と歪み肥大化するイレイナだったものの肉体。あちこちから醜悪な手足が生えだしたかと思うと……それらが互いに殺し合いを始める。――ネームドたちが体の主導権を巡って争いを始めたのだ。

悪魔同士が同じ肉体の上で殺し合う、あまりにも醜く凄惨な戦い。それは凄まじい破壊の渦となり際限なく膨張していく。居合わせた人間たちにできるのは、余波に巻き込まれぬよう身を竦めることだけ。まさにそれは天災そのもの。

そして凄絶なる殺戮の応酬の末、最後に勝ち残ったのは――

「――ケケケ……馬鹿どもが！　こいつは元々オレ様の体だぜぇ⁉」

下劣に笑うハエの王――ベルゼブブがそこにいた。

「ったく、手間かけさせやがって！　だがこれでいい、これで最初に戻ったんだ！　オレ様は最強の肉体を手に入れ、唯一のネームドとして君臨する！　これがあるべきカタチってやつだよなァ⁉」

　元は自分自身として産んだ肉体。しかも、殊、群体の統制においてならベルゼブブの右に出る者はいない。数多のネームドとの主導権争いを制したベルゼブブは、高らかに勝利宣言をする。

　そして……勝利の後には当然の報酬が待っていた。

「っつーわけで……さあ、ディナータイムといこうか‼」

　その眼が見据えるは、あらゆる幻素にとっての馳走……リリスの肉体。たった数滴分の生き血でこれほどの力が手に入ったのだ。もしも丸ごと食えたのなら、それこそ全能の神にだってなれるだろう。もはやためらう理由などなく、ベルゼブブは猛然と襲い掛かる。

　無論、それを許すレナではない。

　素早くリリスの前に立つと迎撃態勢を取る。……が、それを制したのはガルシアだった。

「やめてくれ。……あれは妻の体だ。誰にも傷つけさせはしない」

「ちょっとあんた、何言ってんのよ……⁉」

　悪魔に支配された体には、誰がどう見てもイレイナの自我など残ってはいない。だがそれでも、ガルシアには耐えられないのだ。かつて妻だったそれが傷つけられることなど。

　その愚かしいまでの愛情は……誰よりもベルゼブブを喜ばせた。

「そうよダーリン！　私を守って～！」

とふざけた声真似をしながら、リリスを狙って突進してくるベルゼブブ。愚かな人間が血迷って仲間割れとは、つくづく滑稽。ディナー前のいい余興だ。

ベルゼブブはご機嫌に笑い声を響かせ──一秒後、真っ二つに両断されていた。

「……あ……？」

「──それは妻の体だ。誰にも傷つけさせはしないし、誰も傷つけさせはしない。……けじめは、私がこの手でつける」

そう告げるガルシアの手には、いつの間にか抜き放った軍刀が。……かつて妻だった体が傷つけられるのは許せない。だがそれ以上に、誰かを傷つけさせることはもっと許せない。動揺、躊躇、悲哀──湧き上がる情動は数あれど、その一切合切は既に捨てた。ベルゼブブを両断したその太刀筋に一点の曇りもなし。

……けれど、今のベルゼブブがその程度で死ぬはずもなく、肉体はあっという間に元通り。そして悪魔はむしろ嬉しげに笑うのだった。

「へえ、容赦ないねえダーリン？　けどまあちょうどいい、コケにされた恨みもあるからなあ？　前菜代わりにてめえから喰ってやるよ!!」

おぞましい殺気と共にガルシアを襲うのは、万象を瞬時に蒸発させるレベルの獄炎魔法。

いや、それだけではない。氷獄、雷撃、焦熱、土轟……あらゆる攻性術式が雨あられと降り注ぐ。レナとの戦闘で見せたものとは規模も威力も桁違い。その苛烈さたるや、もはや天災を通り越した終焉そのもの。リリスの血は最悪の怪物を生み出してしまったのだ。生まれ変わったベルゼブブにとって、人間一人殺すなど息をするよりも容易いこと。

……かに思えた。

「──チッ……そういやそれがあるんだっけか？」

爆煙が晴れた後、立っていたのは無傷のガルシア。その手に携えられているのは事象の表裏を行き来する骨剣『遡虚涅』──どれだけ強大な攻撃だろうと、神獣の異能の前にはすべて無意味。しかも今回は部分透過を縛る必要もない、攻防同時の完全なる神獣の再演だ。濁白の刃を構えたその姿には微塵の隙さえ見いだせない。かつて『戦場の英雄』と呼ばれた男の本気が、今ここに蘇ったのだ。

──ああ、確かにこいつは厄介だ。

対峙するガルシアを前に、ベルゼブブは内心溜息をついた。認めるのは癪だが……事実としてこの男は強い。長き生涯にてまみえた魔術師の中で、これを超えると断言できるのはサレム＝アレイザードぐらいなもの。その実力を見抜けぬほどベルゼブブは愚かではない。……が、狡猾な悪魔はもう一つの事実も理解していた。それは……英雄たるこの男にもたった一つだけ弱点があること。それも、あまりにも致命的な。

「よお英雄さん、なんでもすり抜けられるってんなら……こいつはどうだい？」

挑発的な笑みと同時に放たれるは、凄まじい大魔法の乱射爆撃。一見するとそれは先ほどの繰り返し。ただ一つ違うのは……その矛先がガルシアではなく、遠く離れたところで立ち尽くしている少女だということ。

「――え……？」

再会した母の身に起きたあまりにむごい変貌。未だその衝撃から立ち直れず呆然としていたサリアは、ようやく自分に向けられた殺意に気づく。……が、既に手遅れ。襲い来るは彼女の精霊ではどうにもならぬ速度と物量の大災厄。流星群のように降り注ぐ呪詛の嵐は、世界を滅ぼす神話の洪水の如く無慈悲に少女を飲み込んで――――その間際、

「――其の姿、三千世界に知るもの不し――来い、『不知猫』」

静かに響くガルシアの声。呼びかけに応え宙空より踊りいずるは純白の猫。亡き妻の精霊と同化したガルシアは、閃光の速度で娘の眼前に降り立つ。

そして一言、悪魔へ告げた。

「貴様は人間を舐めすぎだ」

刹那、ガルシアの魔力がほとばしる。灼熱、氷結、暴風、雷撃……息継ぐ間もなく展開

される大魔術の数々。五月雨の如く撃ちだされた術式が降り注ぐ天変地異を次々と相殺していく。それはいつもの奇策や仕込み……ではない。真正面からの純然たる魔術戦によって、ベルゼブブの術式を打ち落としているのだ。

無論、それは元来不可能な芸当。なにせベルゼブブは六千年を生きる不滅の悪魔。その魔術の一つ一つが、人間の魔術師が生涯をかけてようやく会得できるレベルの大魔法だ。たかだか百年足らずの寿命しか持たない人間では、どうあがこうと物理的に到達し得ない境地なはず。

けれど、この男だけは違った。

ネクロマンス——死者と踊るその術式は、同時に、彼が出会った生き様の追憶でもある。

彼を教え導いた先人たち。

戦場にて刃を交えた強敵たち。

散っていった掛け替えのない仲間や部下たち。

彼がこれまでの生涯で、出会い、戦い、交わり、そして死に別れた、数え切れないほどの生者たち——その生き様を再演する術こそがネクロマンス。すなわち、これまでの生涯にて紡いだ縁のすべてが彼の武器ということ。

百年足らずのちっぽけな生涯……だが、百人束ねればそれは万の歴史となる。であれば、悪魔と刃を交えるに何の不足があろうか？

ただの一歩も退くことなく、ガルシアは娘を襲う厄災の嵐をはねのけたのだった。

（……まっ、そーなるよな……）

透過ぬきでなお猛攻を捌かれた事実……悪魔にとって屈辱とも呼べるこの結果に、しかし、ベルゼブブはさほど動じてはいなかった。そう、彼が『厄介』と評したのは元より神獣の力のことではない。真に警戒すべきは、それを操るガルシア自身。経験、知識、技量、精神……矮小な人の身でありながら、この男はあらゆる点で悪魔に匹敵する能力を持っている。人間の限界点に到達していると言っても過言ではないだろう。それはベルゼブブでさえ認めざるを得ない事実だ。

……そう、だけど……いや、だからこそ――ベルゼブブはこみ上げる笑いを抑えられなかった。

「――くくく……あーあ、やっちまったなぁ、お前？」

悪魔がにんまりほくそ笑んだのと、ガルシアの口から鮮血が零れ落ちたのは、全くの同時であった。

「……がはっ……」

「おとうさん⁉」

濁った血を吐きながら、力なく膝をつくガルシア。夥しい量の血液が止めどなく床を染めて行く。

それが何に起因するものか、ニヤニヤと眺めるベルゼブブにはわかっていた。

「ダメじゃねえかセンセイ、『魔力切れ』なんて基本中の基本を忘れちゃよぉ？」

魔力とはいわば魂そのもの。そして死の定義が肉体からの魂の乖離だとするならば、魔力の枯渇が行き着く先は一つ……まさにその『死』に他ならない。無論、ガルシアは当然それを知っている。だからこそ最初は透過によって対処したのだ。ネクロマンスにより万の死霊を操れようと、あくまでそれを演ずるガルシアは一人の人間。幻素の集合体である悪魔と魔力量で争うほどガルシアは自惚れてもなければ愚かでもない。透過で躱し、死霊で殺す——これまでもそうやって人智を超えた悪魔たちを狩って来たのだ。

……だが、今回だけはそれができなかった。いや、しなかった。たとえ魔力を根こそぎ使い切ることになろうと——それが死を意味すると理解していてもなお——『遡虚涅』を使うわけにはいかなかったのだ。己が身を盾として愛する娘を護るために。

つまるところ、敗因は至極単純。『英雄』である前に『父親』であったこと——それがガルシアの選択であり、それゆえ彼は敗北したのであった。

「——クク、ククク……くはははは……!!」

一転して静まり返った戦場にて、耳障りな笑い声が響く。

上機嫌に笑声を響かせる悪魔は、瀕死のガルシアへ囁きかけた。

「なあおっさんよぉ、てめえならわかってたろ？　わかってたよなぁ？　あんなのただの陽動だって！　でも体が動いちまったんだよなあ？　それってさぁ——最っ高にバァ〜〜〜ッツッツカじゃんなぁあ!!　てめえがやられればみんな死ぬ！　なのに庇うメリットってなぁ〜に〜？　結局娘も死ぬだけじゃねえかよぉ！」

　あらんかぎりの侮蔑と嘲笑を吐きながら、手を叩いて笑い転げるベルゼブブ。そこには対等に戦った相手への敬意など欠片もなく、どこまでも醜く濁った悪意のみが充満している。

　そしてその矛先が向くのは、ガルシアだけに留まらなかった。

「でもよぉ、一番バカなのはお前だよ……なあ、そこのガキ？」

　ベルゼブブの複眼が見据える先は……ショックで動けないでいるサリア。

「お前さ……ちょっとバカすぎじゃね？　いやマジで。あんなとこでぼーっと突っ立ってなにしてたん？　お前を庇ったせいでパパ死んじゃうじゃん。なあ、わかるか？　お前が悪いんだぞ？　お前がバカだったから、お前がここにいたから、お前が産まれてきたから！　ぜーんぶお前のせい！　お前がパパを殺すんだよ！　なあほら、どう責任とんの？　なあ、なあなあなあ!!?」

いたぶるような悪魔の詰り。追いつめられたサリアは怯えたようにへたり込む。……そんな娘の耳を、ガルシアの手がそっと塞いだ。

「……サリア……耳を貸すな……お前は悪くない……これは……私の選択だ……」

瀕死のガルシアには悪魔の嘲りに反論する余力すら既にない。だがそれでも、ガルシアは懸命に娘へ語り掛ける。

「すまない……私が……愚かだった……妻のいない現実と──お前と、向き合う勇気が私にはなかった……これはその報いだ……だから……お前は、逃げなさい……どうか、生きておくれ……」

「やだ……おいてかないで……！」

たとえ今際の願いであっても、ぼろぼろの父を見捨てて逃げるなどサリアにできるはずもない。まるで幼子に戻ってしまったかのように、ただ死にゆく父へ縋りつくだけ。

そんな親子の姿は、より一層ベルゼブブを喜ばせた。

「ほーら、またバカやってらぁ！　そこで喚いてなんになるわけ？　死体が増えるだけだっつーの。あ～、くだらん、くだらん、人間はくだらん!!　たかだか百年で死ぬ虫けらの分際で、愛だの友情だの守るだの救うだの、ばぁ～っかじゃねえの？　不毛、無意味、無価値！　どうせ死んで腐るだけだってのによぉ！　てめえら最高のピエロだぜ～!!」

矮小でくだらない猿のあがきに、道化以外の何の価値があるというのか。だったら笑ってやるだけお慰みというもの。ベルゼブブはゲラゲラと嘲笑を響かせながら、残忍な巨腕を振り上げる。道化の出番はこれにて終了。後は親子まとめて苗床になってもらうだけだ。

そうして最期の一撃が振り下ろされる……その刹那、

「――どうして笑うのですか？」

静かな問いかけが辺りに響き渡った。

「……愛する人を守る。それのどこがおかしいのですか？　限られた生を精一杯に生きる。それのなにが笑えるのですか？」

傷ついた親子を庇うように進み出るのはレナ。その瞳には静謐な怒りが湛えられている。

確かにベルゼブブの言う通り。サリアの行動は愚かだったかもしれない。ガルシアの選択は誤りだったかもしれない。だけど……それのどこに貶すべき恥がある？

愚行だとわかっていながら、それでも体が動いてしまう。

無駄だと理解していながら、それでも手を伸ばしてしまう。

それがどれだけ愚かで、浅はかで、過ちだとしても……それでも愛する人のために動かずにはいられない。それが人間というもの。だって彼らは作られた泥人形とは違う、温かで柔らかな心を持っているのだから。

そう、そんな彼らだからこそ――少年は世界の何よりも愛しているのだから。

「――彼らに対する侮辱を、僕は決して肯定しない!!」

数千の年月を生きようと、何兆の命を産めようと、最初から一人ぼっちな悪魔に――自分だけしか求めぬ孤独な怪物に、人間の何がわかるというのか。

少年の静かな怒りに呼応して、砂が唸りをあげて舞い踊る。もうこれ以上、少しだって人間の尊厳を穢させはしない。堅牢なる砂の砦と共に、ベルゼブブの前に立ちはだかるレナ。

そして……次の瞬間、少年の体はあっけなく壁ごと吹き飛ばされた。

「レナっ⁉」

「おいおい、なーんか勘違いしてねえか？　さっきまでのオレ様とはもう次元が違げえんだよ」

たった一撃でレナを葬ったベルゼブブは、退屈そうにあくびをする。

そう、ベルゼブブの『産む』力とは、すなわち進化と適応の権能。リリスの血によってその能力自体が進化を果たしたのだ。つまり、今のベルゼブブはもう先ほどガルシアと戦っていた時から別次元の進化を遂げているということ。ましてやレナが倒した時とは比べるべくもない。そして何よりも最悪なのは……その進化を飛躍させるとびきりの馳走が、彼の眼前にあるということ。

「ククク……ムカつくネクロマンサーは虫の息、調子乗ったガキも死んだ。そろそろメインディッシュといこうかい？」

ベルゼブブが向き直ったのは、最後の庇護者をも失ったリリスだった。

たった数滴の血でこれほどの力が得られたのだ。もしも本体丸ごと喰えれば、間違いなく無敵の肉体が手に入る。そうしたら後はお楽しみ。神さえ抗えぬ最凶の力で、好きなだけ食い、殺し、荒らし、地上の王として永劫に君臨するのだ。

そんな最高に愉快な未来を前にして、ベルゼブブはけらけら笑う。その様は楽しみな遠足を待つ無邪気な子供のよう。そして満面の笑みを浮かべたまま……ベルゼブブはそれを叶えてくれる愛しい姫君へ囁きかけるのだった。

「さあ、恐れろ、震えろ、命乞いしろ！　てめえの最期の瞬間だぜぇ？　極上のスパイスになるよう思いっきり泣き喚いてくれよ、仔羊ちゃん‼」

残忍な牙をぎらつかせながら、無力な少女の顔を覗き込むベルゼブブ。その全身から滲み出るのは一流の魔術師でさえ震えあがるほどおぞましい邪気と殺意。異常な濃度に空間そのものが捻じ曲がり、世界がびりびりとわななき震える。

それを一身に浴びるリリスには……しかし、欠片の恐怖もなかった。

「あんた馬鹿？　なんでびびる必要があるわけ？」

少女が口にしたのは、いつも通りのツンツンした罵倒。ただの強がり……ではない。傲慢に悪魔を睨み返すその瞳には、欠片の虚飾さえ含まれてはいないのだ。

――なぜこの状況で恐れない？

ベルゼブブが抱いた一抹の疑念。ただ、その答えは別に大したものではなかった。だって……彼女にとってそれは、太陽が明るいのと同じぐらい当然の理由なのだから。

「――私のレナは、誰にも負けないわ」

その時だった。

少年が吹き飛ばされた瓦礫の底から、一筋の声が響いた。

『――汝、楽園を踏み躙るものか？』

投げかけられたのは一節の問い。

それを聞いたベルゼブブは、忌々しげに舌打ちする。

「あ？　んだよ、まだ生きてんのか？　そうさ、このオレ様が根こそぎ地上をぶっ潰してやるよ！」

もちろん無視したっていいが、戯れに答えてやる。無様に敗北した少年がどう反応するか、余興代わりに聞いてやるのも悪くない。

すると、再び声がした。


『——汝、生命を欺き侵すものか？』


二つ目の問いは、より静かに、より深く。無機物のように虚ろに響く。

だがベルゼブブは気にした様子もなく嘲り飛ばす。

「ああ、そうだよ！　てめえらみんなオレ様の苗床さ！　てめえのご主人様もなぁ！」

そう、すべては終わった。ベルゼブブは勝ったのだ。もう誰もこの悪魔を阻めない。

そして三度、声がした。


『——汝、幼き子らを蝕み、その安寧を害するものか？』

三つ目の問いは、より重く、より大きく。ダンジョン内に溢れていた幻素が引き潮の如く逃(に)げて行く。だが強大になりすぎたベルゼブブはそんな小さな変化には気づかない。むしろ苛々(いらいら)と答えるだけ。

「だーかーらー、そうだっつってんだろうがァ!!」

　戯れに聞いてやっていたが、いい加減にうんざりしてきた。わかり切ったことをくどくどと、何の面白(おもしろ)みもない道化以下だ。であれば、さっさとご退場願おう。

　少年がいるであろう瓦礫に向かって放たれる強力な魔術。大地ごと根こそぎ吹き飛ばすほどの凄まじい威力である。当然防げるはずもなく、残るは濛々(もうもう)とあがる爆煙だけ。今度こそ確実に殺した……はずなのに。

　煙(けむり)の向こう側からその声は響いた。

『――我、失烙の羊飼いにして、綴(つ)ぎ継(は)ぎの贋作(がんさく)。これより……背理を執行(しっこう)する』

　敵対者への宣告とも、自身への宣誓(せんせい)ともつかぬ無機質な言葉の羅列(られつ)。ベルゼブブにはその意味がまるで理解できない。……が、わかる必要などなかった。それはすぐに始まったのだから。

「綴継幻創(パッチフェイク)・失伝廻帰(ロストカナビユラ)――『擬典(レプリカント)：輝く鱗の双つ牙(アンフィスバエナ)』」

刹那、煙の奥から襲い来る巨大な何か。その正体は、黒瑪瑙の鱗を持つ双頭の鰐――これまで少年が使った術式は例外なく既存の生物を模倣するものだった。だが、これは違う。これほどの異形の獣をベルゼブブは見たことも聞いたこともない。

そしてそれは、ベルゼブブでさえ反応できない速度でそのはらわたに食らいつく。

「っ⁉　なんだてめえ、オレ様に触れてんじゃねえぞ‼」

どんな獣だか知らないが、これから地上の王になる者に歯向かうなど不敬極まる。ベルゼブブが怒りのままに叩き潰すと、双頭の鰐はあっけなく砂となって崩れ去った。

そう、別に動揺することはない。どんな形に作り変えようと、結局は少年の操る砂の総量ではベルゼブブの力を受け止めきれない。ゆえにこんなものただのこけおどしでしかないのだ。

「ははっ、だから言ってんだろうが！　幾ら砂で模造品こしらえたところで、今のオレ様には……」

と言いかけたその時、唐突に下半身の感覚がなくなる。思わず視線を遣れば……下半身がぐちゃぐちゃに腐り落ちていた。――鰐の咬傷を中心にじわじわと肉が溶けていくのだ。

（毒、だと……⁉　有り得ねえ、今のオレ様に効く毒が地上にあるはずがねえ！）

既に無数の進化を重ねたベルゼブブは、現存するあらゆる魔術・非魔術的攻撃に対して耐性を得ている。だというのに、この毒は平然とそれを貫通してくる。即効性、浸透性、致死性……あらゆる点で普通の毒とは桁が違うのだ。

思わず狼狽えるベルゼブブだが……それは束の間だった。いずれにせよこの程度何も問題ではない。毒に侵された部位を分離し、即座に増殖してすぐ元通り。少々意表こそ突かれたものの、結局今のベルゼブブには通用しない——

「綴継幻創・失伝廻帰——『擬典：輪廻をたゆたう葦』」

再び響き渡る無機質な詠唱。と同時に、地面から伸びあがるは葦に似た植物。それに絡みつかれた瞬間、ベルゼブブの右半身が消滅する。……いや、正確にはそうじゃない。細胞の一つ一つが産まれる前の形——小さな『胚』の状態にまで戻っているのだ。まるで生きた『時間』だけを食いちぎられたかのように。

こんなもの、もはや耐性だの適応だのと言った次元の話ではない。

「なんだ、なんなんだこいつら……⁉　てめえは一体何を創ってやがる⁉」

またしても半身を奪われたベルゼブブは、戦々恐々と相貌を歪める。

続けざまに現出した異質な擬似生命体……その不可思議な特性もさることながら、ベルゼブブを戦慄させたのはその正体が『わからない』という事実そのもの。なぜなら、ベルゼブブはゴミのような寿命しか持たぬ人間とは違う。数千年を生きたネームドだ。そんな彼が見たことも聞いたこともない魔獣が存在すること……それ自体が有り得てはならない異常事態なのだ。いや、あるとしたら可能性は一つだけ。それは……生み出されたソレらが、彼よりも遥か太古に生きた獣であること――

（……い、いや、何を焦ることがある⁉　正体なんてどうだっていいじゃねえか！　今のオレ様に〝絶滅〟はねえんだからな‼）

完全体となった今、ベルゼブブは無尽蔵に自分自身を殖やすことができる。相手が何者であろうとも、何度でも、幾らでも、産んで、殖やして、適応できる。ライオンがいかにウサギより強くとも、たった一頭で地上すべてのウサギを喰い尽くすことが不可能であるのと同じ。創造される異形どもがどれだけ強かろうと、ベルゼブブのすべてを絶滅させることは不可能。

そう、生物単体の生死や強弱なんてものは、『種』という視座からすれば誤差にすぎない。そしてベルゼブブという存在はもはや単体という生物の域を超えた『種』そのもの。つまり――

「〝スケール〟が違うんだよ！　ちっぽけな人間風情が‼」

ベルゼブブは高らかに咆哮する。同じ戦いの土俵に立っているつもりなら、それは不遜甚だしい勘違い。悪魔と猿とでは最初から生きている次元が違うのだ。

そして……少年もまた、それを否定しようとはしなかった。

「確かにそうですね。では……あなたに合わせることにします」

「はあ……？　なに適当ふかしてんだてめえ！」

なんとも簡単に言ってのける少年。それができないからこそ誰も悪魔には勝てないのではないか。無謀（むぼう）な強がりを笑い飛ばすベルゼブブは、しかし、すぐに思い知ることとなる。

少年がこれから為（な）すのは、まさしく言葉通り……いや、それ以上のことであると。

「綴継幻創（パッチフェイク）・失伝廻帰（ロストカナビユラ）——『擬典（レプリカント）：小さき者たちの幻想郷（イノセントエデン）』」

その瞬間、世界が振動（しんどう）を始める。いつもの砂……だけじゃない。地面から大気に至るまで、この空間に存在するありとあらゆる無機物が少年の意思に従い蠢（うごめ）き出したのだ。それらは粘土（ねんど）細工の如く形を変えて寄り集まり、瞬く間に空間全体を作り変えて行く。そこから形作られるのは、これまでのような単体の生物ではなかった。

大地が、空が、海が——構築されるは丸ごと一つの世界そのもの。そしてそこに跋扈（ばっこ）するのは、夥しい魔力を帯びた獣の群れ。そのいずれもがベルゼブブの知る魔獣とは根本から異なっている。

ここにおいて、ベルゼブブは理解する。眼前に創り上げられたこの幻想世界が、一体いつのものなのかを。

「し、神代創造……?!　てめえは神にでもなったつもりか……!?」

「いいえ。これはただの模倣と再演。創造性など欠片もありません。それは……幼き子らの特権ですから」

そうして模倣された神の時代が、ベルゼブブに牙を剥く。

奇跡が日常であった神代において、神とさえ争った神獣たち……それらが嗅ぎつけるはこの世界で最も弱き存在。すなわち――哀れにも迷い込んだハエの群れ。数多の神獣が跋扈する伝承世界において、ちっぽけなハエが生き残れるか？　答えは呆れるほどに簡単。

猛る鉤が、耀く顎が、靭る尾が――

濤る焔が、瀝る獨が、翳る氷が――

殺到する神獣たちによって、無残に殺され続けるベルゼブブ。その体はあっという間に喰い散らされていく。産めども産めどもそれを上回る速度で死んでいくのだ。

それはもはや『殺戮』ではなく『淘汰』。世界というスケールから見れば、種の一つや二つが絶滅することなど日常茶飯事。ましてやここは神代――天変地異さえ日常であった原初の理において、生ぬるい現代の生存戦略が通ずるはずもなし。矮小なコバエ風情が生き延びられる道理などどこにあるというのか。

咬死、轢死、焼死、圧死、溺死、扼死――履行される無数の死。再演される無限の絶滅。

ありとあらゆる苦痛と絶望を、ありとあらゆる手段と手順で味わわされるベルゼブブ。助けを求めて悲鳴をあげるも、この神代世界には彼を救う神だけはいないらしい。

そして永遠とも思える苦悶の果てに――とうとう静寂が訪れた。

実時間にして三百秒。

偽りの神世界は元の砂へと還る。まるで泡沫の白昼夢の如く、後には何も残らない。

……否、砂礫の底から響く笑い声。と同時に這い出て来たのは――ベルゼブブだった。

「――くくく……くはははは……！」

全身を食い散らされ、リリスの血で得ていた力さえ失い、残っているのはもはや人間と同じサイズの本体ただ一匹。数え切れぬ死を体感したその相貌は、哀れな亡者の如く痩け衰えている。地上の王になると嘯いていた数分前の面影などどこにもない。

だが、それでも――

「い、生きてる……オレ様は……生き延びたぞ……!!」

既に増殖する余力すらないが、ベルゼブブが上げるのは歓喜の勝鬨。あの神代を生き延びた。生きてさえいれば幾らでも立て直せる。彼は生存競争に勝利したのだ。

そうして生存の喜びを噛み締めるベルゼブブの耳に……その声は聞こえて来た。

「綴継幻創・失伝廻帰――」

「……は？」

当然のように少年が始めたのは次なる詠唱。

それを聞いたベルゼブブは、呆けたようにぽかんとしていた。

「……おい、おいおいおい……冗談、だろ……？」

神世界の疑似創造──認めよう、先ほどのあれは究極と呼ぶに足る魔術の奥義だった。あのアレイザードでもなければ対抗すらできないだろう。大変忌々しいことだが、この際それを否定する気はない。……だが、それゆえにわからない。

なぜ次がある？　あれは究極なはず。奥義なはず。最後の切り札であるはず。だって、そうじゃなきゃおかしいだろう？　なのに……まだそれ以上があるなんて、そんなのルール違反じゃないか。

だがどれだけ不条理を叫ぼうと、現実は止まらない。

少年の声に呼び覚まされ、あらゆる無機物が蠢き始める。その様はまさしく先ほどの神代創造の再現に見える。……ただ、一つだけ違うのは──今回形作られていくものが、たった一つの物体であること。

「な、なんだよ、なんなんだよソレは……?!　もういい、もうわかった、十分だ！　オレ様の負けでいい！　だから、もうよせ、やめろ……や、やめてくださいぃぃ……!!」

高く、高く、高く——天を衝くほど巨大なソレを前に、頭をこすりつけて懇願するベルゼブブ。けれど、ソレは一向に止まらない。当然だろう。ちっぽけなハエの鳴き声が、遥か高みのソレに届くはずなどないのだから。

そうして完成する最後の贋作。生み出されたソレの名を、少年は静かに告げた。

「——『擬典：つぎはぎの七番目』」

ここに再現されしは最古の巨人。その姿は……ひどく不格好だった。

土を寄せ集めただけの体には意匠の一つもなく、でこぼこな各部位は全く均整がとれていない。洗練された神獣たちと比べればまるで子供が遊びで作った粘土細工のよう。ずんぐりした愚鈍そうなその造形は、もはや滑稽でさえある。

だがなぜだろうか。その不格好な人型にベルゼブブは恐怖した。体の芯から震えあがった。それは彼自身の記憶……ではない。幻象界にて混じり合った無数の『何か』たちが、かつて世界で最も恐れたもの——

神が創りし人類の守り手。楽園の守護者にして、カタチ世界の絶対王者。その名を——

「——ご、ゴーレム……」

神が創りし人類の庇護者にして、楽園を守る羊飼い。あらゆる神獣を凌駕する古の巨人が、静かにその手を振り下ろす。ベルゼブブもまた己が生存を賭けた全力の抵抗を試みる

も……撃ちだした魔術は「ぽひゅ」と間抜けな音を立てて握りつぶされた。だがそれも当然だ。矮小なハエと、神代の巨像――それこそ〝スケール〟がまるで違うのだから。

ゆえにベルゼブブにできたのは、最後の捨て台詞を吐くことだけだった。

「――何度でも、何度でも、何度でも……お前らを殺しにくるぞ、人間！」

「――では、それと同じ数だけ僕が守りましょう」


そうして振り下ろされる土くれの巨腕。

それは悪魔の断末魔すら押し潰し……そして、すべてが静まり返った。

役目を終えた出来損ないの巨人は元の砂へと回帰する。そして少年もまた、自分を待つ主の下へと帰るのだった。

「お疲れ、レナ。よくやったわ」

「ありがとうございます、お嬢様」

労いの言葉を受けるレナは、『ですが』とすぐに背を向ける。

「それよりも……」

「わかってるわ。早く行きなさい」

リリスに背を押されて向かうのは、ベルゼブブが最期に立っていた場所。そこに積もった砂礫をどかすと、現れたのはぼろぼろになったイレイナだった。……悪魔の死によって、素体となっていた彼女に主導権が戻ったのだ。

といっても、その命は既に尽きかけ。砂によって欠損した肉を埋め合わせ、血の代わりに酸素を巡らせるレナだが、彼はちゃんと理解していた。――イレイナはもう助からない。どれだけ模倣したところで、紛い物の砂では命の代わりにはなれないのだ。

だがそれでも、レナは懸命に束の間の生を繋ぎとめる。たとえ救えぬ命だとしても……せめて最期の時間を作るために。

そしてそれは、決して無駄ではなかった。

「――イレイナ！」

「――おかあさん！」

支え合って駆けてくるサリアとガルシア。その声に呼ばれた途端、イレイナの瞼が微かに開く。霞んだ瞳に映るのは、世界で一番大切な最愛の家族――

「……ガルシア……サリア……」

イレイナは懸命に唇を開く。伝えたいことなら山ほどある。残された時間では……いや、たとえ百年の寿命を全部かけたって語りきれないぐらい、たくさんの想いがある。そう考えると、ベルゼブブの言う通り人間とはくだらない種族なのかもしれない。どれだけ愛し、どれだけ想い、どれだけ願っても、彼らの短い生涯ではそれを伝えきることすらできないのだから。

だが、それでもイレイナは遺す。ちっぽけなたった一言に、一万年分の想いを込めて。

「――いつまでも、愛しているわ……！」

そうして砂は崩れ去り、魂は還るべきところに還って行く。

今はまだしばしの別れ。いずれまた一つになるその日まで。

終章 ☼ ――おわりのはじまり――

「――やあやあ、今回はお手柄だったようだね、ミス・アレイザード？」

焼け跡に響き渡る上機嫌な声。

その主である飄々とした優男――レイニー＝ボードレールは、相変わらずへらへらと笑っていた。

「はあ……いきなり不愉快なツラ見せないで。こっちは疲れてんのよ」

と、シェルターから出て早々の出迎えに、辟易の溜息をつくリリス。

「っていうか、笑ってる場合？　学園めちゃくちゃになってるけど、あんたクビ飛ぶんじゃないの？」

「おや、心配してくれるのかな？　これは嬉しい！　だが大丈夫さ。なにせこのクビには銅貨一枚分の価値もない！　わざわざ刎ねるだけ人件費の無駄、それは『百血同盟』もよーくわかっているからね！」

などと笑顔で自虐するボードレールは、『それよりも！』と言葉を継ぐ。

「いやはや本当に驚いたよ！　よもや入学早々ネームドを倒し、あの《オスロア戦役》の英雄を退けるとはね！　これにて一件落着！　優秀な生徒を持てて私も鼻が高いよ！」
と今更学長ぶるのはさておいて、彼の言うように悪魔討伐を以て事件は終息した。校舎の火災は消し止められ、学内に散っていた分体も討伐隊によって駆逐済み。シェルターから脱出したリリスたちの周りでは、教員や上級生たちが事後処理のため駆け回っている。中には半べそで瓦礫を片付けているフレンダ先生の姿も。

なお、この一連の騒動での犠牲者は……ただの一人も出なかった。それは別に奇跡なんかではない。ガルシアがベルゼブブに下していた命令は、あくまで教官陣の撹乱とレナの陽動。生徒への手出しは固く禁じていた。そしてベルゼブブもあの時点で隷属契約から逃れていることを知られるわけにはいかなかったため、結果的に命令を遵守していた。なので犠牲者は一人もでなかったらしい。

もっとも、それで罪が許されるはずもない。

「……おや？　あちらにご注目！　もう一人の主演の登場だ！　彼にもぜひ花束を贈呈したいところだが……あの様子では難しそうだ」
とボードレールが視線を遣る先、シェルターから戻ってきたのは純金の徽章をじゃらつかせた兵士の一団。アイディスベルク連邦の正規魔術師部隊である。そして彼らが十二人がかりで連行しているその男は……ガルシア＝ヴァレンシュタインだった。

応急手当により一命は取り留めたものの、魔力枯渇による精神および肉体へのダメージは深く重い。数か月はまともに動くこともできない……はずなのだが、ガルシアは既に自分の足で歩いている。凛と背筋を伸ばし進むその姿は、血にまみれているにもかかわらずどこか優美。金ぴかの制服に身を包んだ兵士たちが召使いに見えてしまうほど。何も知らない者の眼にはきっと、彼こそがあの部隊の指揮官だとしか映らないだろう。

だが、リリスたちにはわかっている。彼の行く末に明るい未来などない。ネームドを利用した罪は重く、ガルシアを待つのは長い長い獄中生活だけ。それだけのことをしでかしたのだから当たり前だ。

でも、だとしても……せめてその前に。

「お嬢様、よろしいでしょうか？」

「はあ……好きになさい」

主人の許可を得てガルシアへ駆け寄るレナ。……が、相手は護送中の大罪人だ。無論そんな勝手が見逃されるはずもなく、すぐさま兵士たちに進路を塞がれる。『そこをどけ！』と押し通る……なんてことできないレナはただ困ってしまうばかり。

その様子を見て、リリスは隣の優男の足を蹴った。

「お飾り学園長、あれ、なんとかしなさいよ」

「ははは、これはまた無茶ぶりを。周知の通り私はあくまで傍観者であり――」

「つべこべ言わず、やれ」

「はいはい仰せのままに、お姫様！」

と尻を蹴られて送り出されたボードレールは、護送部隊を率いる隊長の下へ。得意の弁舌を振るって何やら説得を試みているようだが……隊長の顔はみるみる怒りに歪んでいく。よほどボードレールを嫌っているらしく、今にも殴りかからんばかりの様相だ。……が、どうにか話はついたようだ。不承不承の隊長が一声命じると、レナを阻んでいた兵士たちが道を開ける。

そうしてレナは、その男の前へと進み出た。

「ガルシア先生……」

「私はもう教官ではない」

おずおずと呼びかける少年へ、ガルシアは淡々と訂正する。……ただ、冷たく聞こえるその言葉には続きがあった。

「何より、私は敬称に値しない男だ。……本当に済まなかった。それと、娘を守ってくれてありがとう」

ある意味で彼の悲願を打ち砕いた相手に対し、ガルシアは深々と頭を下げる。彼にもわかっている……いや、最初からわかっていたのだ。自らのなそうとしたことが過ちであると。だからこそ、それを阻んだ少年に恨みなど抱きはしない。

そんなガルシアへ、レナは慌てて首を振る。

「どうか頭を上げてください。……あなたの抱いた愛情に、下を向くべき不名誉などありませんよ」

確かにガルシアは禁忌を犯した。それは動かしようのない事実だ。……けれど、大罪の裏側で抱き続けたその愛情を、レナは否定しようとは思わない。

だが、その言葉を他でもないガルシア自身が否定した。

「愛情、か……それは違うな。結局私は二度も妻を殺した。ゆえに私のそれは愛などではない、ただの利己的な執着だ」

罪なきリリスを傷つけ、邪な悪魔さえも利用し、その末に二度目の死を妻に与えてしまった――己の所業を最も許せないのは、倫理でも法律でもない。他ならぬガルシア自身なのだ。

そんな後悔が痛いほど理解できるからこそ……レナはその自罰だけは肯定しなかった。

「いいえ。あなたがしたことは愚かだったかもしれません。過ちだったかもしれません。

だけど……その想いを僕は肯定します。たとえ世界が許さなくても、仮にあなた自身が赦せなくても、もしも……もしも、神様が否定したとしても。僕はあなたを肯定する」

人の営みを、人の想いを、人の過ちさえも、すべてを丸ごと赦し、抱擁する。まるで母なる大地そのものみたいな少年の大きすぎる愛情。それを目の当たりにしたガルシアは、思わず呟く。

「ゴーレム――神が創りし人類の庇護者、か。……わからんな。君はこの十年で人間の愚かさを見て来たはずだ。それでもなお、我々を愛しているとでも？」

その問いに対し、少年はどこまでも真っ直ぐに答えた。

「はい！」

我欲のために少女を奪い合い、果ては悪魔までをも利用する人間の業……それを目の当たりにしてなお、彼は心から信じているのだ。人間とは愛すべき幼子であると。

……人類には重すぎるその期待を、〝祝福〟と呼んで良いものか。ガルシアにはわからない。彼の途方もない愛情は、ともすればちっぽけな人間を簡単に押し潰すだろう。そう、少年自身さえも含めて。

ゆえに、ガルシアは不器用な人類の友へ忠告する。

「……気をつけなさい、優しき隣人よ。私もかつては妻を愛し、護ると誓った。だが果たせなかった。その末路がこれだ。……ここから先、私などよりもずっと厄介な者たちが動き出すだろう。学園の中でも、外でもだ。どうか君は、私のようにはならないでくれ」

それはガルシアだからこそできる心からの警告。

だが、それに答えたのはレナではなかった。

「――それなら大丈夫よ。だってこの私がついてるんだもの」

と、当たり前のように胸を張るのはリリス。その瞳にみなぎるのは揺るがぬ自信のみ。

不遜に、傲慢に、尊大に――世界を見下し我が道を往く。確かにこの少女ならば、脆く柔らかな土くれの心を崩さぬように抱き留められるのかもしれない。

ガルシアはふっと微笑んだ。

「ふふ……そうだな」

「ええ、そうよ！」

――と、その時だった。

背後からわたわたと駆けてくる足音。それを聞いたリリスが肩をすくめる。

「あ、やっと来た？　それじゃ前座の役割は終わりね。ひくわよ、レナ」

「はい、お嬢様」

そう、二人がガルシアを引き留めていた本当の理由、それはある少女が来るまでの時間稼ぎに過ぎない。彼らはちゃんとわかっているのだ。ガルシアと最後に言葉を交わすべきは、自分たちではないと。

そうして後ろへ下がる二人。……彼らと入れ替わるように進み出たのは、治療を受けて戻ってきたサリアだった。

「おとうさん……」

「サリア……」

果たされる父娘の再会。

別れの前に向かい合う二人だが……

「……ん……」

「すまん……合わせる顔がないな……」

と、二人して顔を突き合わせたままもじもじしている。……なにせ揃って口下手な二人。普段からうまくお喋りなんてできないのに、今生の別れに交わす言葉などなおさら思いつくはずもない。親子ともどもまごつくばかり。

その様子を優しく見守る……なんてこと性格上不可能なリリスは、『ああもう、じれったいわね!』とサリアのお尻をひっぱたく。その勢いでつんのめったサリアは、そのまますぽっとガルシアの胸へ。娘を抱き留める形になったガルシアは、少しの逡巡の後……おずおずとその頭を撫でる。壊してしまわぬようそっと、だけど、心からの慈しみを込めて。かける言葉の思いつかない彼には、それが今の精一杯なのだ。

「んも〜、もうちょっとあるでしょ気の利いたセリフとか！」

「ふふふ、あれでいいんだと思いますよ」

不器用で、ぎこちなくて、お世辞にも上手とは呼べない不慣れな手つき。けれど、サリアは嬉しそうに喉を鳴らす。だってそれは、赤子の頃からず〜っと知っている、大好きな父の手なのだから。そのぬくもりがあればもう、言葉なんて必要ないのだった。

そうして最後の逢瀬は時間切れ。ガルシアは今度こそ連行されていく。

それを見送ったサリアは……やはりしょんぼりと肩を落としていた。母を亡くし、父が投獄された今、彼女は本当に独りぼっちになってしまったのだ。寂しくないはずがない。

そんなサリアに背を向けてさっさと歩き出してしまうリリス。……だが、その途中で振り返って言うのだった。

「ちょっとサリア、何ぼーっと突っ立ってんの？　あんたも一緒に来るのよ！　……『クソオヤジ同盟』はまだ解散してないんだからね」

その瞬間、サリアの表情がぱあああっと輝いた。

「!!　リリス、だいすきっ!!」

「ちょ、くっつくなっての！　便利な戦力ってだけで、別にあんたのためじゃないんだからね！」

猫のようにすり寄るサリアと、ツンツンしつつまんざらでもなさそうなリリス。いつも通りな二人をレナは優しく見守る。……有限の命を歩む人間にとって、別れとは分かち難く存在するもの。だけど――枯れ木から若葉が芽吹くように、新しい出会いが必ずある。

それが〝生きる〟ということなのだから。

「お嬢様、生きているというのは素敵なことですね」

「なに当たり前のこと言ってんのよ。この私の従者にしてあげてるのよ？　これで幸せじゃないなんてぬかしたらひっぱたいてやるわ！　だから……その、これからもちゃんと傍にいなさいよね！」

「はい!!」

そうして三人は帰路へ就く。

未だ困難な生涯の途上なれど――とりあえず今は――帰るべき場所へ。

――……

――……

学園郊外・『幻魔の森』――野外実習用の鬱蒼と茂るその森に、小さな羽音が一つ。弱々しく飛ぶそのハエには……しかし、とある名前がついている。

〝ベルゼブブ〟――こっそり生き延びていた、わけではない。本体はレナによって、分体たちは学園の討伐隊によって、一匹残らず駆逐された。事実としてこの悪魔は完全に絶滅していたのだ。……けれど、仕掛けておいた『保険』が生きていたのである。

虚象絶典：『蛇蝎忌産屋』――ベルゼブブの固有魔法たるそれは、いうなれば遺伝子への寄生。自らの因子を野性のハエに植え付けておくことで、その出産に伴い隔世遺伝的に自分が顕現するように仕込んでおいたのである。

たとえ完全に絶滅した後でさえ、再びこの世に蘇る……種としての生存に特化したベルゼブブゆえの奥の手だ。

「――へへへ、これが生存戦略ってやつだクソボケどもが！　この世は生き残ったもん勝ちなんだよぉ！」

と勝ち誇って笑うベルゼブブ。……が、その余裕は束の間。すぐ近くを小鳥が横切った瞬間、悲鳴をあげて草陰に隠れる。

そう、強がってみたところで今のベルゼブブは半分ただのハエ。単独での増殖もできなければ簡単な魔術一つ使えない。そこらを飛ぶ羽虫にさえ捕食されればそれで終わり。びくびく怯えながら隠れ潜むことしかできないのだ。

とにかく、まずは苗床を探さなければ。力を蓄え、魔力を調達し、産み、殖やし、いずれ憎いあいつらに復讐を――

「――やあ、懐かしい子がいるじゃないか」

「っ⁉」

不意に響く子供の声。

思わず振り返ると、森の奥から現れたのは一人の少女だった。

漆黒のローブに身を包み、三角帽子を目深にかぶったその姿は、まるで物語の魔女のよう。表情こそ窺い知れないが、全身には濃密な幻素の匂いがこびりついている。

ということは……

「てめえ、魔術師か⁉」

最悪だ――今のベルゼブブは無力な羽虫そのもの。よりよってこのタイミングで見つかってしまうとは。己の不運を呪うベルゼブブだが……どうやら天は彼を見放したわけではなかったらしい。

「魔術師？　あははっ、君、面白いこと言うね？」

　笑った拍子に帽子がずれる。その隙間から垣間見えたのは、美しい少女の素顔。……だが、ベルゼブブはすぐに気づいた。一見愛らしい相貌だが、眼だけが違う。深い裂け目のような切れ長の瞳孔……それは人間のものではなく、紛れもない蛇のソレ。

　つまり——

「へへっ、お仲間じゃねえか……！」

　ほっと安堵するベルゼブブ。

　そんな彼に向かって、少女は気さくに問いかける。

「ところでさ、君、彼には会った？」

「あ？　誰だって？」

「決まってるじゃないか、七番目の子さ。どうだい、彼は元気にしてた？　……って、まあその様子を見ればだいたいわかるか」

　何もかも失った哀れなコバエ……その姿だけで状況を推察するには十分。少女は楽しげにくすくすと笑う。

「ふふふ、そっかそっか。あの子はまだ《人類の庇護者》をやってるんだね。まったく困った子だよ。本当に嘘つきだよねえ」

　と一人で呟くその言葉が何を意味するのか、ベルゼブブには皆目わからない。

……が、今はそんなことどうでもいい。

「な、なあお前、協力しようぜ！　さっきはあと少しでアニュエス・ブラッドを手に入れられた！　次は必ず成功する！　オレ様と一緒に人間どもを皆殺しにしようじゃねえか！」

と、意気揚々と提案するベルゼブブ。苗床を集めてくれる協力者がいれば、あっという間に力を取り戻せる。そうすればまたすぐ再戦だ。既に相手の力はわかった。今度はもっと狡猾にやれる。そうしてアニュエス・ブラッドを喰らったあかつきには、今度こそ地上の覇者として君臨するのだ。……用済みになったこの少女は、その後で始末してしまえばいい。正体はわからないが、纏っている気配からして大した相手でないのはわかる。実に簡単なことだ。

完璧な作戦に思わずほくそ笑むベルゼブブは…………次の瞬間、ぐちゃりと握り潰されていた。

「やっぱ君、面白いね。『人間を殺す』？　よりにもよってこの僕にそれを言うなんてさ。……って、もう聞こえてないか」

まるでただの羽虫の如く、あっけなく死んだベルゼブブ。その死骸をぽいっと投げ捨てた少女は、それから学園の方へ笑いかけるのだった。

「もうすぐ、もうすぐだ。最後の百年が始まり、分かたれた世界が再び一つになる。君との再会が楽しみだよ、七番目の子」

（終わり）

あとがき

こんにちは、紺野千昭です。このたびは『楽園守護者の最強転生1　出来損ないの神話のゴーレム、現世では絶対防御の最強従者になる』をお手に取っていただき誠にありがとうございます！　手厚く支えていただいた編集部および担当編集様、刊行に携わってくださったすべての関係者様、めちゃくちゃに可愛くキャラクターへ息を吹き込んでくださったイラストレーターの江田島電気様、そして誰よりも、今こうして読んでくださっている読者の皆様へ、心より御礼申し上げます！

さて本作ですが、個人的に初めて公募を介さずスタートする作品になりました。書き慣れていない企画案をたくさん読ませてしまった担当さんには申し訳ない限りで……それでもきちんと目を通してフィードバックをくださるあたりすごいプロ魂を感じたりしました（書いている本人が『とっちらかっててわけわからん』と感じる企画案ばかりだったので相当な苦行だったかと思います）。まあそのあたりは置いておくとして、企画案始動から刊行まで漕ぎつけられたことは自分にとって大きな一歩でした。改めて関係者の皆様へ多大な感謝を申し上げます。

それから本編の内容についてですが、今回も学園バトルものになります。自分は学園バトル全盛期世代なのでやはりこれが好きな舞台です。とはいえ、好きだからうまく書けるかというとそんなこともなく……特に今回は色んなパターンができる題材だったので、こっちの展開にすればよかったかもとか、こっちの要素をおした方がよかったかもとか、そういう『もしも』は無限にあります（これは本作だけに限った話ではないですが）。それらをあげつらえば本当にキリがなくなってしまうので反省会は一人でやるとして、諸々の心残りは続刊で全部回収したいと思っていますが……こればかりは祈るしかありません。いずれにせよ、どのキャラクターも大好きで楽しく書かせていただいた作品ですので、長く続けられることを願っています。

最後に。繰り返しになりますが読者の皆様へ。本作をお手に取っていただき本当にありがとうございます！　読んでくださる方がいなければ物語は存在していないのと同じです。なので、自分にとってあとがきはこの一言をお伝えするためだけの場です。本当に、心から、皆様への謝意を捧げさせてください。ありがとうございました‼

それでは、またどこかでお会いできましたらよろしくお願いいたします。

紺野千昭

楽園守護者の最強転生 1

出来損ないの神話のゴーレム、現世では絶対防御の最強従者になる

2024年12月1日　初版発行

著者――紺野千昭

発行者―松下大介
発行所―株式会社ホビージャパン

〒151-0053
東京都渋谷区代々木2－15－8
電話　03(5304)7604（編集）
　　　03(5304)9112（営業）

印刷所――大日本印刷株式会社

装丁――小沼早苗（Gibbon）／株式会社エストール

Printed in Japan

ISBN978-4-7986-3696-2　C0193